U0754659

科幻 让世界变得不同

全球华语科幻星云奖菁华
让想象力去旅行 | NO.11 |

编委会

宿主
The Host

全球华语科幻星云奖组委会 / 编

北方联合出版传媒（集团）股份有限公司
万卷出版公司

© 全球华语科幻星云奖组委会 2022

图书在版编目（CIP）数据

宿主 / 全球华语科幻星云奖组委会编 . -- 沈阳：
万卷出版公司，2022.2
　　ISBN 978-7-5470-5783-4

　　Ⅰ . ①宿… Ⅱ . ①全… Ⅲ . ①幻想小说－小说集
－中国－当代 Ⅳ . ① I247.7

中国版本图书馆 CIP 数据核字 (2021) 第 206469 号

出 品 人：王维良
出版发行：北方联合出版传媒（集团）股份有限公司
　　　　　万卷出版公司
　　　　　（地址：沈阳市和平区十一纬路 25 号　邮编：110003）
印 刷 者：北京欣睿虹彩印刷有限公司
经 销 者：全国新华书店
幅面尺寸：145mm×210mm
字　　数：220 千字
印　　张：8
出版时间：2022 年 2 月第 1 版
印刷时间：2022 年 2 月第 1 次印刷
责任编辑：胡　利
责任校对：刘　洋
装帧设计：平　平
ISBN 978-7-5470-5783-4
定　　价：45.00 元
联系电话：024-23284090
传　　真：024-23284448

常年法律顾问：王　伟　版权所有　侵权必究　举报电话：024-23284090
如有印装质量问题，请与印刷厂联系。联系电话：010-61529480

目 录 Contents

退行者 / 宝 树

这个老人不是他，却也是他。这是他上
一世的人生。上一世。

一

　　毫无征兆，飞机就掉了下去。

　　当时，他正在商务舱里绘声绘色地给妻女讲这次欧洲之旅的精心安排，妻子两眼放光，女儿兴奋地大叫："爸爸真棒！"空姐体贴地送上刚煎好的牛排和红酒。窗外阳光璀璨，洒在棉花糖般的云朵上。事后想来，当时他的人生堪称完美，事业蒸蒸日上，生活优裕富足，家庭幸福和睦，他也相信一切将会变得越来越好，直到岁月的尽头。

　　突然间，机身猛烈地抖动，他心脏一紧，身子随之没着没落。各色食物和饮料飞向空中，尖叫声此起彼伏。女儿没系安全带的小小身体也飞了起来，重重地撞到了行李架上，他想去抓她，但没有抓住。一切都如飞入太空般失重。他在慌乱中向窗外瞥了一眼，下面连绵的雪山正摇摆着迎上来，就像是有一个巨人从下面攫住整架飞机，把它狠狠地拉往地面。尖锐的警报响起，氧气面罩弹在他面前，但他来不及戴上，就晕了过去。

他被一阵寒风吹醒，发现机舱只剩下了一半。扭头看去，妻子的身体像是个被踩瘪的洋娃娃，扭曲得他都不敢多看一眼；女儿蜷缩在地上，身上没有什么伤痕，看似只是睡着了，但是身体已经变得异常冰冷，无论他怎么喊也醒不过来。周围还有许许多多的尸体和残肢，但没有其他人还活着的迹象。

他却奇迹般地没有死，甚至没有受重伤，只是一条腿受了点轻伤。他无助地哭了起来，跌跌撞撞地爬出机舱，发现飞机坠毁在险峻的冰峰雪谷之间，事后推算，这里应该是西藏或青海的某条山脉深处。举目四望几乎没有任何人类的迹象，然而对面的悬崖上却奇迹般出现了一点红色，似乎是一座很小的寺庙。顷刻希望又在他心中燃起，他忍着腿上的疼痛和刺骨的寒冷，一瘸一拐地挪动过去，求庙里的人施以援手。

他走了很久才走到那里，庙里只有一个老喇嘛，老得像有两百岁，白胡子几乎要垂到地上。面对他的哀求，老人带着浓重的口音说，我看到飞机掉下来，但我谁也救不了，这是命数。你在庙里休息一下，等外面的人进山来搜救吧。

他的心冷下去，他知道妻子和女儿已经死去了，自己活着还有什么意思呢？他大声号啕，要从悬崖边上跳下去。

老喇嘛拉住他说，罢了，上天有好生之德，我还有一个法子，也许可以救她们。他重新燃起希望，忙问究竟。老喇嘛道，有一个威力无穷的密宗咒语，称为"退因缘行咒"，据说是从不动明王传

宿　主

下来的。只要从头到尾念一遍，就可以解开因缘的脉络，退回到许多因缘缔结的状态。但具体退到何处，无法确定。如果有人懂得使用这个咒语，就能让整件事重来一遍，避免灾祸，救出自己的亲人。

　　他将信将疑，但此时此刻他就像那些溺水的人一样只得抓住身边最后一根稻草，只能选择相信，求老喇嘛教给他咒语。老喇嘛缓缓道，这个咒语本不能轻传，但今日你来到这里，是你我的缘法，我可以教你，但你要记住，咒语只能使用一次，用完后就要忘记，否则定会出现不可测的灾难。

　　他自然是满口答应，花了半小时，记熟了那个复杂拗口、不明意义的梵文咒语，闭上眼睛，深吸一口气，然后一字字念了出来。等念到最后一个字，一阵奇异的晕眩感从四面八方向他袭来。

二

　　再睁开眼睛的时候，他发现自己还是在机舱里，妻子和女儿好好地在自己身边说说笑笑，只是飞机还在机场，尚未起飞。他擦了擦眼睛，原来真的回到了几个小时以前！他几乎以为是做了一场噩梦，但坠机的恐怖画面还在他眼前闪现，妻子和女儿死去的惨状刻骨铭心，各种细节比早上的记忆还要清晰。他心中一紧，知道这不会是假的。

　　机体轻微地振动起来，开始在跑道上滑行。他忍不住大叫起来，说飞机不要起飞，会掉下来，妻子面红耳赤，拽着他袖子，让他别胡说八道，他此时无暇解释，只能甩开她。机组人员也过来阻止，让他保持安静，周围的人都当他是笑话，眼看自己说什么都没人信，飞机就要起飞，他一横心，大喊一声："飞机上有一颗炸弹，马上就要爆炸了！"

　　这回所有人都恐慌起来。飞机立即停止滑行，所有人都被带离飞机，警察和技术专家随即赶到，将飞机仔细检查了一番。结果没有炸弹，也没发现任何故障。折腾了半天后，只有他们一家人被留下了，客机如常起飞，平安抵达欧洲。坠机事件压根没有发生，也许当时是一颗陨石砸到了飞机上，也许是一只鸟撞进了发动机，既然这一次没有发生，原因也就无法知晓了。

　　所有人都捡了一条命，但这只有他知道。没有人感谢他的救命之恩，他还因为扰乱公共秩序被警方拘留了很多天。一开始，他虽然觉得委屈，但总算救了家人和整机乘客的性命，觉得还是值得的。然而出乎他意料之外，风波并没有平息，仍在继续发酵：他大闹机舱的视频被好事者传到了网上，引起了社会公愤，他的身份也被人肉出来；公司为了维护自己的声誉，宣布将他这个高管除名。同时航空公司和一些耽误行程蒙受损失的旅客还在起诉他，让他做出巨额的赔偿。

　　失去了高薪的工作，他顿时连房子的月供都无法承担，刚买来装修好的独栋别墅，还没住几个月，就交给银行拍卖了。妻子和女

宿 主

儿一直没有好脸色给他看，他早已告诉她们事件的原委，可她们都不相信，妻子觉得他精神出了问题，女儿也变得越来越怕他，看到他都躲得远远的。有一次，妻子差点把他骗到精神病院去治疗，他勃然大怒，把妻子骂得狗血喷头。

第二天，妻子带着女儿离开了，他花了好几天都找不到她们的下落，其他亲友也都躲着他。他放弃了努力，此后，不是喝得酩酊大醉就是通宵玩网络游戏，无时无刻不在麻醉自己。

一天深夜，他从宿醉中醒来，头疼欲裂，发现自己躺在客厅的地板上。地上扔满了烟头、酒瓶和外卖饭盒，一切凌乱而死寂，让他想起另一个时空的空难现场。他想起不久前，家里还是整洁明亮，充满了一家人的欢声笑语，悲从心中来，泣不成声。为什么明明他拯救了家人，生活却变得如此糟糕？这中间究竟出了什么差错？

是那个神秘的咒语改变了一切。显然，问题就是他退行的时间太短了，如果当时退到登机之前，随便找个理由不去登机，后面的一切事情就不会发生。那为什么不再退行一次呢？虽然那个老喇嘛说只能用一次，要不然就会大祸临头，可现在不已经是大祸临头了吗？再用一次又能惨到哪里去呢？

他一横心，把老喇嘛的叮咛抛在脑后，再一次念出了退行的咒语。

很快，奇异的晕眩感再度降临。

三

他睁开眼睛，发现自己坐在一个光影迷离的酒吧里，面前是一个时尚娇美的女孩，委屈地看着他，脸颊上还挂着泪珠。他愣了一下，方想起来，那是三四年前他带过的一个实习生。当年那女孩爱上了他，将他约出来向他表白，说自己不介意他结婚了，只要能陪在他身边就好。当时他不是没有心动，但顾及妻子和不到两岁的女儿，还是狠心地拒绝了她。但他心中多少是有遗憾的，后来他常常想，如果自己答应了会怎样，也曾做过和那个女孩缠绵缱绻的春梦，谁料多年后，他竟还有机会回到人生中最具诱惑的一刻。女孩梨花带雨地倾诉着，带泪的目光中满含柔情。他不由想到了她的未来，在被他拒绝后，女孩很快离开了公司，去了另一座城市，后来他辗转听说她结婚又离婚了，一个人带着天生残疾的孩子，生活得很不幸福。

一阵愧疚涌上心头，这也许都是他的错，他不该那么生硬地拒绝她，让她无助地离去。他又想到了妻子以及飞机失事的事，无论他怎么解释妻子也不相信，还在他最艰难的时候离他而去。一股怨愤从他心底升起，自己为什么要为妻子这样的女人放弃眼前一伸手就可以摘到的甜美果实呢？

他没有动弹，但女孩似乎看出了他内心的挣扎，嘤咛着扑到了他的怀里，诱人的芬芳将他包裹，他想，这也许是上天赐给他的第二次机会，他没有推开她，听任自己沉入那无比醉人的温柔。

他度过了心醉神迷的一夜，此后他们便开始偷偷约会。那时候他在公司负责一个大项目，事业正处在关键期，经常在国内国外出差，顾不得家。家里孩子还小，老人体弱多病，也帮不上忙，孩子都是妻子带的，妻子也有很多抱怨，这些抱怨当年他都忍过去了，甚至还有些歉然。可现在，明了未来的他不免觉得，妻子这个人真是短视无知，只会为鸡毛蒜皮的小事拖他的后腿，却看不到几年后的苦尽甘来。加上上一次退行时的怨气还没散去，他三天两头地和妻子吵架。情人却在他身边陪着他，和他一起奋斗，这更让他觉得还是情人好。

半年后，项目比第一次更圆满地完成了，他被擢升为大区经理，情人也被提拔为部门主管，他们的关系更加亲密无间，直到情人婉转地暗示结婚。

他才吓了一跳，虽然和妻子的矛盾越来越多，但他并不想失去家庭，让女儿没有父亲。他结结巴巴跟情人解释，情人闹了半天别扭，虽然噘着嘴答应了，但却要求更多的陪伴和关爱。他尽量去满足，为了弥补，又违规给了她不少宝贵的时间。但局面逐渐开始失控，她在深夜里给他发微信，好几次差点被妻子看到，他好不容易支吾过去。可不久后，那女孩又发了朋友圈，有和他在一起的暧昧合影。他吓了一跳，好说歹说才让她把照片删掉。

没几天到了七夕，情人要和他一起过，可他已经越来越害怕和这个女孩相处了，随便找了个理由推掉了。但那一天，当他和妻子在街上推着孩子散步的时候，情人忽然出现，朝他们走来，巧遇一般和他打招呼。他强作镇定地为她和妻子相互介绍。情人夸赞妻子美貌、女儿可爱，没多说什么便转身离去。妻子没有多问。他当然也没有多话，心里庆幸地想，总算又过了一关。

第二天，当他回到家里，妻子已经带着女儿回了娘家，留下一张字条，让他和情人双宿双飞，说会找律师办理离婚事宜。原来他的事情，妻子已经查得清清楚楚。他如遭雷殛，再打妻子的手机，却早已关机了。

霉运接踵而来，他和情人的关系已经被人发现一些蛛丝马迹，他还浑然不知。公司里的死对头找人偷拍了他们在酒店开房的照片，并且发到了许多领导的邮箱里，整件事很快人尽皆知，还是最不堪的版本：权色交易、公器私用，影响十分恶劣；领导找他谈话，撤掉了他的职务。正当他焦头烂额时，妻子又寄来了离婚协议书，要女儿的抚养权。他不同意，好说歹说见了女儿一面，女儿却不认他了，一见他就哇哇大哭。家中老父为这事气得高血压复发，住了院。

眼看妻子那边日益无望，他也动了和情人结婚的念头，可他不知道自己失势以后，已经不能给那女孩她想要的东西了。有一天，她发微信说，自己不该破坏他的家庭，决定彻底退出，然后拉黑了他。连番打击下，他的工作几次出错，新任的上司训了他一顿，让他卷铺盖走人。

他早听说是因为此人告密才害得他一落千丈，自己趁机上位，此时怒上心头，挥拳便打。对方身材比他还高大一些，但禁不住他狂怒之下的拳脚，很快狼狈倒地。他一拳又一拳地狠狠打着，尽情宣泄着自己的挫败与积郁。上司一开始在地上还哭爹叫娘，后来渐渐没有了声音，人也不再动弹，只有口鼻里汩汩冒血。力气和愤怒一样消失了，他如梦初醒，松开了手。

警察到来时，他还在尸体边抽烟。警察厉声叫着，让他举手投降，他没有理会，把烟头扔在地上，念出熟悉的咒语，然后闭上眼睛，逃向另一个时空。

四

这一次，他在装修一新的婚房里醒来，身边是小鸟依人、年轻温柔的妻子。他知道自己退回到了再往前三年的时候，那是一段美好的日子。这一年，他和妻子新婚燕尔，正如胶似漆。工作上入职了后来的公司，虽然薪资比较微薄，但是他踏实肯干，机会很多。何况现在，他已经知道了未来会发生的很多事情，完全可以利用这些信息十拿九稳地获得成功。生命的美好丰盈可以再度展开——只要避开后面的情人和某次航班。

但他很快发现，自己的生活还有一个小小的问题。其实对别人也不算问题，只有对他是。

那时候，女儿还没有出生，甚至还没有怀上。

他惘然若失，朝思暮想。当年他曾想要一个儿子，女儿出生后他还暗中失望过，可这些年来，女儿已经是他人生中很重要一部分了。他深爱小家伙稚嫩的嗓音和甜甜的笑容，爱她憨态可掬的动作、对话和各种调皮捣蛋的小聪明。为了她的未来，他觉得一切辛苦劳作都是值得的。但现在女儿凭空消失了。她还会再度出生吗？

他还记得妻子受孕的那几天，是在不久后的蜜月旅行中，很可能就是在其中某一个激情澎湃的夜里。此前他出差了十几天，此后又忙于工作，整天加班，疏于房事，女儿肯定是那几天怀上的。他必须让女儿再次如期降临。

本来新婚之时，他和妻子每天都如胶似漆，但为了防止怀上另一个孩子的意外发生，他不得不找理由拒绝和妻子同房，搞得妻子满腹狐疑。煎熬了几个月后，他和妻子开始了一再耽搁的蜜月之旅。他们登上一艘邮轮，远离都市的喧嚣，航向碧海蓝天。在朝向大海的豪华客房里，妻子穿上性感的内衣，柔情似水地抚摸着他，在他耳边呢喃着风情的话语。但他开始紧张，他知道眼前不是一次普通的欢爱，而关系着他们的未来，他不能搞砸了。行房时，他眼前不是妻子的妩媚妖娆，而是女儿天真活泼的笑靥。这感觉太古怪了，明明很久没有行房事，但关键时刻他却不幸疲软下来，然后就再也无法重振雄风。

妻子埋怨了几句，就去睡了。但他心情沉重，通宵未眠。第二天，他搞来一枚蓝色小药丸，这一次他龙精虎猛，不达目的誓不罢休，妻子也加倍迎合，总算是圆满成功。事后，妻子很快就熟睡过去，但他仍一夜未眠。他想到一个问题，他有亿万颗精子，这一次达到终点的几乎不可能是之前的那一颗，当然，在同一个排卵期，卵子还是一样的，那么他的女儿再次出生时，是同一个人还是另一个人呢？

这个近乎形而上学的问题，他没法知道答案，连猜测都没有机会。妻子的月事在半个月后如期而至——她竟没有怀孕。从未存在过的女儿永远不会再出现了。

除了他，没人知道这个女儿的存在，他无法对任何人讲明，一个人到酒吧里喝得酩酊大醉，号啕大哭起来，喊着这个世界上不存在的女儿的名字，别人还以为他失恋了。有人让他闭嘴，他借醉意骂了几句，便被好几个文身大汉拎起来，打得鼻青脸肿，扔到了后巷的垃圾箱里。

他像摊烂泥一样躺在臭气熏天的垃圾堆上，望着黑暗无星的夜空，轻蔑一笑，喃喃念出了那句咒语。

五

他在图书馆里，在一排书架后面，偷偷凝视着一个正伏桌上认真读书的年轻姑娘。那是他后来的妻子，这一天是他们相遇的日子，在后来的婚姻中，他们每年都要庆祝这个甜蜜的日期。如今，在多少次人生之后，他又回来了。

这次他退回到两年以前，正好是他和妻子相遇前几天。所以他又来到这里，发现妻子已经变成了初遇时的俊俏女郎，旧日的情火重新在他心中燃起，他想，也许自己还有机会挽救一切，和妻子再一次相爱，也让女儿再度出生。他向妻子走去，心中酝酿着那些本来要说的台词。那本是几句极陈腐的搭讪话，但妻子说，正因为他的笨拙才打动了她。

"这本小说很好看，"他走到年轻女孩的身边说。马尾辫的女生抬起美丽的眼睛，困惑地望着他。他笑着坐到她身边，继续念着当年的对白，"我很喜欢他的作品，你也是吧？我们交个朋友好吗？"多年老夫老妻下来，他从未怀疑妻子注定会投入他的怀抱，但他不明白，因为已经共处了很多年，自己的语气、动作和眼神都发生了微妙的变化，在对方看来像是一个神经兮兮的自来熟，女孩眼神中出现了警惕，敷衍地回应了几句，很快就起身走开了。

"等一下，"他有点不知所措地叫道，这和他的记忆完全不符。他甚至叫出了妻子的名字，"别走，是我啊。"

这个错误毁了一切，妻子听到一个陌生人喊出自己的姓名，更加恐惧。跑开了，他追上去，但是不仅没追到，反而差点被保安当成流氓抓起来。

他没办法，只能又找了妻子几次，她的电话、地址、邮箱他都非常清楚，但结果是越弄越糟，妻子已经把他当成了不折不扣的跟踪狂。最荒诞的是，因为他的威胁，她竟然接受了当时追求她的另一个男生，让他保护自己。

宿　主

　　事情每况愈下，他发现自己已经毫无办法。他以为妻子和男朋友会很快分手，但并非如此，没过多久，他听说那人向妻子求婚，妻子答应了。绝望中，他给妻子写了一封几万字长信，告诉了她在另一条时间线上他们的相识相恋以及将会有一个幸福的家庭，告诉她自己在不断的退行中，重返相遇时，他哀求她相信自己，拯救他们的未来。

　　信发出去了，过了很多天，迟迟没有回复。他想，也许妻子压根没有看，也许她看了但不信，也许她此刻正在和未婚夫调情，一起嘲讽自己。那么还是重新来过吧，他下定了决心，念起了咒语。

　　当熟悉的晕眩袭来时，他似乎听到手机响，但已经来不及接听了。他永远也不会知道，那是妻子读完了他的信，刚刚克服了恐惧和羞怯，给他打来了电话。

六

　　又一次人生。

　　他再次走进阅览室，在书架后注视着妻子。只是这一次他戴着帽子和墨镜，门口还守着两个不显山露水的保镖。

　　又是多少时光过去了？他在心里算着，如今我竟再一次回来了。只是一切……都完全不同了，和以前的好几次人生相比，真的是天差地远的不同。

这一次他的确出了大岔子。他渐渐明白,每次念完退因缘行咒,不论当时是什么时间,所退到的时间都要早于上一次退行的时间点。也就是说,每次退行都要在上一次退行的基础上,继续往过去逆流而上。他将不断退回到更小的年纪。

他预期这次会再后退一两年,那样他还有时间去重新建立和调整与妻子的关系。但他错了,这一次的退行带他越过了漫长得多的岁月,让他在大学宿舍里醒来,距离上一次足有六年之遥。他二十岁以后的人生化为乌有。

好多天里,他如同迷路的孩童,在当年的校园小径上茫然踟蹰,想着许多年之前或者之后的另一种生活,如今一切已遥不可及。不过从另一个角度看,甩掉了未来的工作和婚姻后,生活再次充满了无数的可能,他可以自由地选择自己的前程——比第一次人生中的二十岁要自由得多。他也厌倦了不断倒退后重新开始,他不能一直退行下去,必须再度启程向前。他对自己说,这是自己最后一次使用这个咒语了,无论将来遇到什么,永不再念那可恶的咒语!

他重新规划了自己的人生,利用自己的知识和经验,很快就一鸣惊人。首先是利用体育博彩赚到了第一桶金,然后退学,创办了自己的公司,进行各种风投。他投资的项目不多,但他的运气却好得惊人,电商、影视、房地产、社交媒体、数字货币……在各个领域的投资都取得了丰厚的回报,他的资产如孙悟空翻跟头一般增值,又收购了好几家未来有可能名扬世界的公司。

三年后,他的名字在中国富豪榜上出现了,又过了两年便升到

宿 主

了榜首。随着时间的推移，他成为商业名流，他的名字家喻户晓。当年他曾作为小职员入职的公司被他收购，那些当年他曾仰视的公司老总和各界名人，如今在他面前，不过是卑微的蝼蚁。

他飞黄腾达后，自然也享受到了最令人垂涎的有钱男人的生活。他约会的对象包括以前做梦都不敢想的一线女星、美女作家和富豪千金，有过露水姻缘的各界佳丽更不计其数。不过，他一直记得自己前一次人生中的妻子。他想，自己总归还是要和她相见的。毕竟在他好几次的人生中，他从来没有爱别人那么深。

所以，到了他和妻子相逢的那一天。他推掉了一切会议，让司机把车开到市图书馆。然后再次悄悄走进阅览室，在书架的缝隙间又看到了那个熟悉的侧影，那女孩曾经差点和他的命运相连，为他生儿育女，和他爱恨交织。但现在她却一无所知。

他以为自己可以像之前那样怦然动心，燃起激情，可现在，看着久别的妻子，他惊讶地发现自己的内心已经没有波澜。这个女孩相貌平常，打扮土气，读着一本肤浅可笑的心灵鸡汤书，和自己属于两个世界。他甚至奇怪自己竟然会爱上她，和她共度了多年的人生。

他又想到了失去的女儿，心中又翻起一阵酸楚，但也不复当年的煎熬。多少时光已经过去，如今伤口已经被抚平，那个他曾最爱的孩子也只剩下一个模糊的形象，不真实得仿佛清晨回想昨夜的幻梦。

他发出无声的叹息，悄然离去。让这段缘分在开始前就结束了。

他想，如今他大概真的可以放下了。

他怀着几分歉意，在暗中帮助妻子找了一份收入理想的工作，还帮她病重的母亲治好了病。当然，她对这位贵人一无所知。在应该和妻子结婚那年，他与一位政界要人的独生女在巴黎举行了盛大的婚礼。

婚后，他的事业继续蓬勃发展，几乎可以影响半个国家的经济。然而，因为联姻的关系，他发现自己开始身不由己，陷入了一些势力争斗的旋涡。岳父的很多生意都远远超出了法律允许的范围，也是许多集团的幕后主宰。他明面上的财富虽多，比起岳父又差得太远。不过，即便岳父也有强大的敌人，他的商业帝国成了岳父一枚重要的筹码。他想过置身事外，但已经撇不清了。

几年后，形势急转直下，他的岳父忽然倒台，从此后，他的经营也处处受阻，有人给他透露消息，说他很快会被逮捕，他利用自己的关系网及时逃到了海外。财富损失了八九成，但他在国外仍然有许多资产，足以像国王一样过完下半生。他的事情上了全世界各大媒体的头版头条。他深居简出，隐居了一段日子。他本想不问世事，但仍然有人担心他知道得太多。

一次，当他在海景别墅前的沙滩上晒太阳时，看到一架式样精巧的无人机飞到面前。他以为是隔壁哪家孩子的新玩具，好奇地盯着看了片刻，直到机身下的黑色枪管喷出灼目的火光。

他被扫射，身中数弹，倒在血泊中，却还没有死去，他用最后一口气，念出了那句他一直没有忘记的咒语。

七

有东西砸在他额头上，他猛地跳起来，叫着："子弹！子弹！"
但眼前却是高中的课堂，是老师用粉笔头扔他，周围的同学一片哄
笑。他又从大学时代退行两年，回到了十八岁，那时他还是一个青
涩的高中生，和父母一起在小城里生活。多年来，他已经习惯了万
人之上的富贵荣华，骤然又回到普通人的生活，很不适应。他对自
己说，必须尽快重新拥有自己失去的一切。

他无心读完高中。高考、上大学、找工作，这些对经历沧海桑
田的他已毫无意义。他尝试着说服父母让自己退学，自由发展。但
父母怎么也不同意，最后大吵起来，父亲愤怒地给了他几个耳光。
他也不想再多做解释，偷了家里的两万元存款，跑到了外地，利用
这些钱和对未来的了解，他有把握通过购买股票在一年内就赚到
一百万，两三年后重返亿万富豪的行列。他想，这次一定不能太贪
心，低调一点，见好就收，别和那些危险的人和事搅在一起，就不
会出问题了。

过了几天，他给母亲打了个电话，说自己出去闯天下，很快会
发大财回来，母亲婆婆妈妈，问他到底在哪里，他怕被他们再干
扰，干脆断绝了和家里的联系，投入东山再起的事业中。他在商业
投资上已经轻车熟路，一年后，他赚到的钱比预想中的还要多几

倍。他揣着好几张金卡和一箱的现金衣锦还乡，心想这次一定能让父母无话可说，心悦诚服。但家门紧锁，空无一人。他走到窗前往里看，看到房间里落满了灰尘，柜子上有一张黑白遗像，放在骨灰盒之前。

那是父亲的照片。

他惊骇，在时间线中，父亲十多年后还活得好好的，怎么会突然死去？

他跑到邻居家探问，好不容易问出事情的大致原委。他失踪以后，家里人怕他是被坏人诱骗去吸毒或赌博，忙去报警，但这种青少年离家出走的案子多如牛毛，警察根本没当回事，也懒得认真去查。他父母只有自己贴寻人启事，到处打听他的下落，结果就有许多真真假假的线索，把父母引到全国各个城市去寻找。

半年前，他们听人说北方一些小煤矿有被骗去挖矿的黑奴工，其中有个少年很像他，于是千里迢迢跑去，自然没找到儿子，但黑煤矿的确存在，父亲似乎查到一些线索，去向当地的警方报案，但那种地方蛇鼠一窝，报案的事被压下，父亲反被收押，几天后莫名其妙地死在看守所里。母亲受不了双重打击，变得疯疯癫癫，几个月前也被送到了精神病院，每天还叨叨找儿子。

邻居叮嘱他，赶快把母亲接回来。他却摇了摇头，转身离去。事已至此，就算接母亲出来，给她看好病，父亲也不可能复生了。他这一辈子赚再多的钱，也弥补不了这份无可估量的损失。

他登上了附近一座大厦的楼顶，坐在天台边上吹着风，一边把上千张百元大钞从那里撒下去。钞票如雪花般飘落，人们从四面八方聚拢过来哄抢，很快一部部警车也尖啸着而至。他轻快地笑起来。"命运真喜欢折磨我，可是我总有法子逃出生天，没有任何绝境能困住我，没有。"他冷笑着，慢慢念着咒文，当他念出最后一个字的时候，他便在人们的惊呼声中跃向蔚蓝的天空。

八

这次，他本来期望再倒退两三年，停留在中学时代，那样还不至于太难熬，他会安于平凡朴素的生活，也许还能和当年的班花谈场恋爱。等到高中毕业以后，再慢慢展开他的计划，他还有很多很多的时间。这次他绝不会再犯任何错误，绝对不会。

但睁开眼睛，他才发现前所未有的奇异景象：周围的一切突兀地变得异常巨大，路上的行人都成了巨人，开过的小汽车甚至比大卡车还要大，马路宽广得有如广场。退行怎么会让他进入奇幻世界？

他愣了一下才明白，不是东西变大了，而是他的身体缩小了。他战栗起来，踟蹰不前。年轻的父亲如巨灵神般把他抱了起来，笑着说，"怎么了？别怕，学校里有很多小朋友陪你玩呢。"

他颤抖起来，这一次，时间无情地后退了十一年之久！十一年！他成了一个七岁的儿童，被父亲带着，走进小学的大门。

他必须从头经历一遍小学和中学的生活。他记忆中的小学生涯本来是充满乐趣的，但那只是在他的记忆中。对一个经历过无数精彩人生的成人来说，重新从白痴般的启蒙课程学起，和学童打打闹闹，做着无聊的游戏，宛如服刑般令人窒息。在越来越无趣的第二次童年里，每天夜里，他一遍遍地复盘，思考着自己不断重启却不断失败的人生。渐渐他明白了，所有问题的起源，就在于自己得到了随时退出眼前人生、重来一遍的力量，这是一个他无法摆脱的魔咒。所谓人生，意味着必须承受命运的不幸，接受不可改变的事实，再设法重整旗鼓。而他拥有了不必硬拼的选择，那么便会不断地从原来的战场后退，转身逃往更遥远的过去。

如果不肯接受命运带来的不幸，最终连幸福的希望也要一并失去。

但是，重返过去，再来一遍的诱惑实在是太大了，一次可以克制，两次可以抵御，但在一生的漫长岁月中，面对随时可能降临的痛苦折磨，谁也不能保证下次不会再转身逃走。他知道，自己无论多么抗拒，总有一天还是会再念出退因缘行咒的。

怎么办呢？他忽然有了一个近似疯狂的主意：直接念动咒语，回到更幼小的时期，比如一两岁的时候，那时候的他不会说话，没有思维能力，也不记得那么多事。忘却一切后，他就能重新开始全新的人生，不再受魔咒的诅咒。

于是他下定决心，在深夜的卧室里启唇，喃喃念起咒语。一阵晕眩，他回到了六岁时常去的动物园，但他还是记得太多的事，于是再次退行，回到了四岁的幼儿园，似乎还不够，他再一次念起了咒语……

然后，他什么也不知道了。

九

或许你会想他一定回到了襁褓之中，也许是母亲的子宫里。但这一次，他什么都不记得了。

他的人生再一次从头开始，但失去记忆也就意味着没有改变的机会。随后的一切就像第一次人生一样，而且一模一样。

他按部就班地长大，读完小学、中学、大学，到公司入职，在图书馆里碰到心爱的姑娘，结婚，蜜月旅行，生下可爱的女儿。他的事业开始发达，他拒绝了追求他的女实习生，完成了一个大项目，升为高管，买下了大房子，还开开心心地带着妻女一起去旅行。

然后，在三十多年的漫长岁月后，悲剧再次发生，飞机从天上坠下，妻子和女儿死于空难。他再一次拖着伤腿，绝望地爬到了一间山上的破庙，向一个白胡子的老喇嘛求助。

老喇嘛却像早已明了了一切一样，看着他，悲悯地摇摇头。说："在另一个因缘中，你曾经来过这里，我也告诉过你，只能使用一次那个咒语，不能贪求，可是你没有听我的话，如今一切都无法挽回了。"

他一头雾水，不明所以。老喇嘛叹息着走开了。但他越来越觉得，眼前的一切似曾相识，而且熟悉得令他颤抖。他说的咒语是什么？到底是什么东西？为什么他明明什么都不知道，却感觉到了某种比他的一生还要久远的既视感？

终于，遗忘之墙崩裂，一串晦涩拗口的音节在他脑海中响起。他想起来了，那就是彻底改变了他的退因缘行咒。

随着这个咒语，无数神奇怪诞的记忆怒吼着冲入他的脑海，他在片刻间回忆起了一切，一次次人生的前因后果，悲欢离合。这些一直藏在他的心底，从未真正被忘却。

他在极度震惊中大口喘着气，心中混乱得如天翻地覆。老喇嘛又回来了，见他呆若木鸡的样子，说："都想起来了吗？"

"都想起来了。"他呻吟着说。

"那就好，现在你还有一次机会。接受现实，埋葬过去，你的人生还可以继续往前走，记住，这是最后一次机会了。"

他点了点头。颓然瘫倒在地。但妻子和女儿的面容还在他眼前浮现，让他肝肠寸断。他想，自己前前后后经历了无数次人生，差不多有一百年了，难道一切都白费吗？无论如何他还是没有办法接受眼前所发生的一切，眼睁睁看着亲人死在自己面前，自己却无计可施，几小时前她们还快乐地依偎在自己身边，幸福还触手可及。在自己努力了差不多一个世纪之后，难道让一切最终返回到原点？他不能接受。

宿　主

"不，我一定要再试一次。"他想，如果退回到几小时以前，或其他任何时候，他一定不会再逃避。这一次，他唯一的诉求就是逃过这场眼前的惊天大难，让妻子和女儿复生，然后他就老老实实地接受其他不完美的命运安排，安心地度过余生。

抱着这样的心态，他趁老喇嘛察觉之前，再次念出了咒语。

但距离上一次退行已经过去了太久太久，他还是忘记了一件事——一件他绝对不应该忘记的事——

每一次退行的起点，都是上一次退行到达的终点，而不是现在。

每一次退行，都要退到更久远的过去。

而且没有例外。

十

这次和之前任何一次的感觉都不同。他在浑身异常剧痛中睁开了眼睛，发现自己须发皆白，躺在一间雪白的病房里，浑身插满了管子。面前还紧张兮兮地围着好几个衣着老式的中年男女，他们脸上都是一副生离死别的难过样子。不知怎的，他忽然意识到那些人都是他的儿女们。

"难道反过来跳到了很多年以后？这怎么可能呢？这中间到底发生了什么？"他在疼痛中搜索着脑海中陌生的记忆。那是波澜壮阔又饱经苦难沧桑的一生，饥荒、革命、战争、动乱、平反……如今他已是一个八十多岁的老人，而且到了癌症晚期，距离死亡没有多远了。

但那不是他，这个奄奄一息的老人怎么会是他呢？他的人生和自己没有任何相同之处，他努力转动眼球，看到了墙上有一本挂历，那上面的年份他倒是很熟悉，那是他出生前一年，那年他父母刚刚结婚。太荒谬了，那一年，他明明还不存——

忽然间，他明白了一切，霎时被从未有过的恐惧攫住。

这个老人不是他，却又是他。

这是他上一世的人生——上一世！

他瞪大了眼睛，喉头发出咯咯声，无法克制地战栗起来，他这时才真正认识到退因缘行咒真正的力量：退行一旦开始，就永远不会真正停止。只要你念起咒语，就会不断在之前的时间点上继续往过去前进，甚至超越人生的界限，在宇宙轮回的业力中退往无限遥远的过去。

而现在，他就忍不住想再度念出咒语，因为这具癌细胞已经扩散的身体，被肉体上的痛苦折磨得太惨。为摆脱这剧痛，他不惜一切代价。

他闭上眼睛，泪珠从颤抖的眼皮底下沿着苍老的皱纹滚落。这一次，他真的要和之前的世界，和自己爱过的一切永别了，他的旅行才刚刚开始。在这次旅行中，他会经历无穷无尽的战争、饥荒、瘟疫、灾劫，经历历史上记载和没有记载的许许多多苦难。

　　在无穷无尽的时间逆流中，他将一遍又一遍地失去拥有自己所的一切，甚至失去自我。也许只有到达生命的尽头，他才能找到解除咒语的办法。到时候，他也许根本连人都不是，而是变成了某种无法理解、不可思议的存在。

　　但他不能不去借助咒语，这是他唯一的选择、唯一的救赎。

　　他微微张开嘴唇，以旁人听不到的声音默念咒语，在奇特的晕眩感中，他让自己放弃抵抗，沉入时间的深渊。

宿 主 / 程婧波

也许有一天我们终究会面对分离，也许
有一天我们会在老地方相遇。

引子

在阳光无法抵达的海洋深处，一粒珍珠般大小的半透明球体随着洋流浮沉游弋。

它在珊瑚礁附近打了个旋，又朝着铺满细白沙粒的海床俯冲下去。一股向上的气流吹动了它所在的水域，它颤动着，忽快忽慢地上升，遨游过一尊尊人形的物体——这些物体站立在海底，手拉着手，从头到脚覆盖着深色的海藻和藤壶——在更接近海面的地方，阳光透过碧色的海水，仿佛一根根金丝银线在操纵着这粒微尘，这颗漂荡在无垠世界里的傀儡。

然而它是有生命的。

当一群鱼类从它身边经过的时候，它那看似漫无目的的漂游便结束了。它轻柔地靠近一条鱼，无声无息地钻进了鱼鳃。

这之后发生了什么？

它苏醒了。莹白的、珍珠般半透明的身体从内部开始成熟，如同上帝在伊甸园里造出亚当，又以亚当的一根骨头造出了夏娃——它在鱼鳃这片方寸之间的伊甸园里首先成为一个雄性，接着又成为一个雌性。它雌雄同体，与自己交配。

现在，它已经是一只成年的黄玉色缩头鱼虱了。它伸出了许多带钩的触爪，攀缘在鱼舌根部，好似新生的婴儿一般贪婪地吮吸着鱼的血液。几天之后，鱼舌萎缩了。

无论那条鱼同不同意，它已经找到了自己的生存之道，取代了鱼原本的器官，成为鱼的舌头。

它和鱼共同遨游在大海里。直到一艘人类的渔船经过此地。渔船上撒下一张巨大的网。鱼对危险毫不知情。

渔网慢慢收拢。连同着别的鱼、虾蟹、藤壶还有棕色的泡沫，它们有生以来第一次离开了海水，被带到了空中，又重重地落在了甲板上。

一双双手开始分拣、装箱、运送。鱼被送往码头，运到城市。缩头鱼虱静静地躺在鱼紧闭的嘴中，它屏住呼吸听着由空气传导到自己甲壳上的种种声响，那些声音来自人类的集市和街道——这一切和它曾经熟悉的、由海水传导的声响如此不同。

终于，鱼再次见到了天空。一个伙计站在饭店的后巷，从刚刚停稳的摩托后座上打开了泡沫箱。伙计抓起鱼，双手握着它，匆忙跑进后厨。

厨子已经等在那里了。

宿　主

　　伙计把鱼放在砧板上，厨子麻利地用刀背敲了敲鱼的头骨。在烧得冒着青烟的油锅前，鱼张开了嘴巴，一张一翕着。

　　厨房里有明亮的灯光，氤氲的烟火气，但它根本看不见这些。缩头鱼虱生来就没有视觉。

　　所以当一种无比陌生的、下油锅时的嗞嗞声响起时，便是它听到的来自这个世界的最后声音。

● VDO　1

　　清晨的阳光、木地板、白纱窗。画架旁散落着几支笔。

　　一只手推开虚掩的卧室门，镜头随着脚步摇晃了两下，最后自动定焦在了一张熟睡中的脸上。

　　仿佛感觉到了有人在偷偷拍摄自己，姑娘睁开了眼睛。

拍摄者画外音："媳妇，起床啦。"

　　她先是一愣，接着露出微笑，随手操起枕头就朝摄像机砸来。影片结束。

● VDO 2

阴天。行色匆匆的街头。

　　姑娘看了眼镜头，竖起右手食指朝身后的大楼一指。

　　镜头仰起，快速上下扫过摩天大楼的外立面，又回到了姑娘脸上。"今天我们准备去这家打卡。太好啦！这家期待了好久！"她拢了拢头发，茫然看着镜头后的人，"周扬，这家叫什么来着？"拍摄者画外音："你不期待了好久吗？
咋自己给整忘了？"姑娘蹦到镜头跟前，掏出手机："那你
别录了，我查查。"影片结束。

● VDO 3

阴天。行人匆匆而过的街头。

姑娘看了眼镜头，竖起右手食指朝身后的大楼一指。

镜头仰起，快速上下扫过摩天楼的外立面，又回到姑
娘脸上。"大家好！今天我们准备去这家打卡。走吧！"姑
娘说完转身就走。

拍摄者画外音："不报店名啦？"

姑娘裹紧浅卡其色的风衣朝前走去，头也不回地说：
"你这句掐掉啊，周扬。"

镜头如影随形地跟着她。

风声和脚步声夹杂着大量杂音。姑娘的背影融入人群。
影片结束。

● VDO 4

暖黄色的灯光下，餐桌上摆着热气腾腾的晚餐。

镜头随着拍摄者的脚步移进厨房，姑娘正围着围裙切
菜。看起来并不娴熟，菜刀砰的一声叩响案板。

姑娘轻轻"啊"了一声。

拍摄者画外音:"怎么了?"

姑娘抬头,一脸无辜:"手指给切流血了。"

拍摄者画外音:"咋这么笨呢?来,来,来,我看看。"

镜头一阵天旋地转,最后与案板呈九十度垂直。应该是摄像机被匆忙放在了厨房操作台上。

影片结束。

● VDO 5

一段长达七八秒的雪花噪点。

● VDO 6

一段虚焦的影像。

一片黄沙中,有人凑近打开了摄像头。后退几步,又走上前来伸手关上。

影片结束。

● VDO 7

湛蓝的天空下,一望无际的黄沙和风蚀岩。镜头自动对焦,扫视着这片无人之境。

拍摄者画外音:"媳妇,你说想要个特别的求婚。你瞅瞅这儿怎么样?像不像你那天说的什么……火星?"

镜头又扫视了一圈。四周除了无际的黄沙和大自然鬼斧神工雕琢而成的风蚀岩，别无他物。

影片结束。

● VDO 8

一阵螺旋桨的噪声。镜头从地平线上摇摇晃晃地升起。好像是摄像机绑在了无人机上。

空气干燥，视野清晰。

跃过无数赭色沙丘之后，远方地平线上终于出现了一个渺小的人影。

无人机呼啸着飞向人影，俯冲，镜头逐渐放大。

那是一个穿着泛黄的宇航服的人。他浑身臃肿，黑色的宇航面罩上映照出黄沙与风蚀岩。他抬起头，朝着无人机挥手。

无人机飞近，他俯身从地上拾起一块大约一米长、半米宽的纸板。镜头对焦，纸板上用黑体字写着：

顾夕同学

他将这块纸板放到脚边，双手举起第二块纸板朝无人机方向展示：

我已老大

接着第三块纸板：

你也不小

第四块纸板：

　　　　认识这么久

第五块纸板：

　　　　想请你帮个忙

他停顿了一会儿。空气中充满了螺旋桨搅动空气的声音，但又仿佛整个世界此时鸦雀无声。

他拿起最后一块纸板，久久地举向天空：

　　　　嫁给我，好吗？

无人机绕着"宇航员"盘旋了一圈。

在盘旋到第二圈时，影像仿佛受到某种信号干扰，突然扭曲，持续了三秒。黑屏。

DAY 1　3月29日

无人机的螺旋桨声渐渐变成了越野吉普的引擎声。

顾夕在颠簸的吉普车副驾上醒了过来。她睁眼看看窗外，夕阳正悬垂在远方的地平线上。一望无际的赤红色戈壁就是整个世界，远远近近只有沉默的风蚀岩和它们脚下同样沉默的浓烈阴影。此时收音机里传来断断续续的声音："今年两者（火星和地球）距离仅为5760万公里，是15年来最近的一次。火星和地球每15年靠近一次，最远时相距 4 亿公里……"

相较于录像里那张鲜活快乐的脸，顾夕的脸此刻看起来憔悴而狼狈。但那倔强清秀的五官却没有变，闪动着灵气的眸子也没有变。哪怕距离拍那些录像的日子已经过去了好几年，仍可以从眉眼间一下子认出她来。

车窗外，在她与夕阳之间横亘着的那片不毛之地，一如录像中的景象。

顾夕定了定神，仔细回忆着。不，那不是录像，那只是她支离破碎的梦境。

她听到后座传来老宋和大遳儿的声音，两人似乎在说头天晚上在西宁吃坏肚子的事。顾夕扭头，瞄了一眼驾驶座上正在专心开车的顾北。她的大脑慢慢活了过来，眼前的一切终于变成了某种可以被理解的事实——三天前，顾夕的丈夫周扬失踪了。而他们这一车人，是来这片戈壁寻找周扬的。

在无人区寻人，听起来似乎很讽刺。但她必须走这一趟。

3 月 27 日周二，顾夕早上一醒来就发现周扬不见了。她拨打周扬的电话，无人接听。

清晨六点四十五分，顾夕照常坐上去大兴校区的校车，当天她要给大二和大三的学生上八堂选修课。可直到她下班回家之后，周扬一直没有出现。

3 月 28 日早上，顾夕依旧联系不上周扬。这很反常，因为自打两人认识以来，周扬从来没有这么长时间不告而别过。

顾夕和弟弟顾北起了争执，打算在周扬失联满 24 小时后就去派出所报案，顾北却觉得她小题大做。

"你俩是不是吵架了？"顾北在电话里试探着问。"没有。"顾夕挂了电话。

他们没有吵架，他们只是不再主动和对方说话。结婚几年来，两个人的沟通越来越少。这几年，顾夕一直说想要个孩子，周扬却总以还没有准备好为借口推脱。他们为这吵过，两个人都吵累了，不知不觉就不再吵了。相处是一种惯性使然，较真只会落得两败俱伤。

周扬的突然失联，打破了这种得过且过的相处模式。就像原本凑合着往前开的一艘小船，突然少了一支船桨。

周三上午，顾夕整个人都有些恍惚。这天她正好没课，一大早就出门去寻找周扬。周扬是个程序员，社会关系简单。她去了周扬单位，也找了周扬可能会去的一些地方。

在观音庵胡同里，周扬的发小大趸儿守着一块挨着自家院墙、拿大芯板搭出来的两平方米左右的铺子，只够容下一张玻璃展示柜和他那两百来斤的身躯。展示柜里是一些手机零件和摄像器材。

顾夕向大趸儿说明来意，大趸儿拿钥匙锁了玻璃柜，从柜子和墙之间的缝隙艰难地挤了出来，领着她去了几个地儿——她原本从不关心，也不曾知晓的那些地方——还是没有周扬的身影。

她的心就这样起起伏伏——一会儿充满希望，一会儿跌落谷底——她找遍了大街小巷里的犄角旮旯，就差把北京城翻个底儿朝天了——连半个影子也没找着。

这时顾北才告诉她，其实周扬去了青海。

"姐夫没说去干嘛，只说了如果有什么急事就让我联系他。"顾北解释说——周扬出发前专门叮嘱过顾北不得泄密。

顾夕觉得这个解释说得通。七年前，她和周扬就是在青海旅行时认识的，之后两人的关系也水到渠成，很快就谈婚论嫁。

顾夕没有想到，激情和好感会在日复一日的生活中飞速地耗尽。但到底是什么原因导致她和周扬的关系变成现在这样的，她自己也说不清楚。

因为鸡毛蒜皮的琐碎吗？似乎是，又似乎不是。

因为她想要孩子而周扬不想要吗？似乎是，也似乎不是。

在这个"七年之痒"的节骨眼上，周扬突然不告而别，他可能是想去两人第一次见面的地方寻找什么、挽回什么；也可能是想去和过去的美好回忆告别，画上句点。

顾夕意识到，虽然这是他们两人第一次分开，但她却发现自己从来没有了解过周扬的内心。七年的时光如白驹过隙，他们在日常生活中形影不离，但心却已经如同两粒浮尘，在人世间被风吹散——

现在她找不到周扬了。

早就找不到了。只是这一次，当周扬不告而别，她才恍然大悟。

顾夕、顾北、大迢儿轮番拨打周扬的手机。周扬的手机一直处

宿　主

于开通状态，没有关机，也没有"不在服务区"。只是不管是谁拨过去，听到的都是忙音。到了这天中午，大趸儿几番尝试，终于定位到了周扬手机的实时位置——柴达木盆地北麓。

顾北和大趸儿交换了一下眼色，大趸儿告诉顾夕，那个地方他们哥儿几个曾经去过。几年前，周扬的求婚视频就是在那附近拍的。

顾夕看着手机地图上那一团小小的红色气球，那就是周扬此时此刻的位置，一个叫冷湖的镇子——顾夕盯着看了一分钟，很快做出了决定，买了当天下午飞西宁的机票。顾夕跟印刷学院的领导请了周四、周五两天假，又打了几个电话安排其他老师代课。

顾北担心姐姐，觉得这件事自己多多少少有点责任，所以也准备跟着去青海找姐夫。顾夕同意了，她简单地收拾了行李，驱车赶往首都机场。

到了首都机场 T3 航站楼，顾夕发现等她的一共是三个人：顾北、大趸儿，还有顾北的女朋友老宋。老宋是个瘦瘦小小的女孩子，南方人，说话娇滴滴的。三月底的北京依然有些寒意，他们带着大包小包的羽绒服、洗漱用品和零食。大趸儿头上别着一发卡，仔细一看，是头戴式摄像头，他正拿着手机在操作控制摄像头的 App。

顾夕问："你们这是去度假还是去找人？"

顾北连忙立正站好，大趸儿也收起手机，两人异口同声地赔着笑脸应道："找人，找人，姐。"

当晚，一行四人抵达西宁曹家堡机场。他们匆匆吃了点酿皮和血肠填饱肚子。顾夕在西宁当地租了辆越野吉普，连夜开着往海西去。

不知是 28 日夜里几点——更准确地说是 29 日凌晨某个时间——吉普车突然一个急刹车，停在了空无一人的老 315 国道上。坐在副驾的大疍儿和后座上的顾北、老宋都惊醒过来。只见顾夕大口大口地喘着气，抓在方向盘上的手微微颤抖。

"怎么了，姐？"大疍儿睡眼惺忪地问。

顾北没系安全带，整个人刚才猛地往前一滚，这会儿一边揉着撞得生疼的脸和胳膊一边说："哎哟我去。"他旋即转身把手放在老宋腿上查看，老宋一把打开他的手，表示自己没事。

顾夕打开车内灯，顾北和大疍儿他们这才发现，挡风玻璃上爬着几道喷溅型的污迹，像浓血，又像鸟屎。

远远的，一束黄色的远光灯映入吉普车后视镜，一辆十二轮的大货车从后面开来。等它经过吉普车，往前开去，再消失在黑夜中，顾夕才缓过劲来。

"我……好像撞着人了。"顾夕眼神直愣愣地说。顾北打开车门，跳了下去，前后查看了一番。

"撞了鬼了吧？"顾北自言自语，"这路上没人啊。"老宋在车上打趣："顾北，你不是人？"

顾北笑着猫腰钻回开着暖气的车里，啪的一声关上车门。顾夕扭过头来，平静地说："我刚才，看到周扬了。"

宿　主

另外三人不禁一愣。

"别介，姐！"大趸儿一撸袖子，露出胳膊，"你看我这鸡皮疙瘩都给你吓出来了。"

顾北二话不说，又拉开车门跳到公路上。他站在车外拍拍驾驶室的玻璃窗："你歇会儿吧，高反加疲劳驾驶，都出幻觉了。我来开。"

顾夕和顾北换了位置，吉普车在黑沉沉的夜里继续前行。

四个人此时已经睡意全无，但都沉默着不说话。只有雨刮器规律的咯吱声和干燥寒冷的高原空气中汽车引擎吃力运转的嗡嗡声。

车前窗上来历不明的污迹被清扫干净了，雨刮器却因为卡住了什么东西而停了下来。车里变得越发安静。

顾北靠路边停了车，走到车前查看，发现雨刮器与挡风玻璃的缝隙里似乎藏着什么东西。他伸出右手拇指和食指，想把那个东西给拈出来。老宋从包里掏出一张湿纸巾，摇下车窗递出去："顾北，这血糊糊的你别拿手直接抓啊！"

顾北没有接湿纸巾，他已经徒手把那东西捏在手里，借着车头的灯光仔细端详起来。

坐在副驾的大趸儿揉揉眼睛，等他看清顾北手上的东西，不禁说了一句："我操！"

那是一只长相丑陋、体态巨大的蛾子，通体棕黄色，有一大一小两对翅膀。大的那对翅膀上，各长了一只"眼睛"。

顾北掏出手机拍了一张蛾子的照片。他把蛾子扔到路边，顺道走到车后小解。海拔接近三千米的高原公路上，氧气稀薄，冰刀似的夜风猎猎地吹着。尿液带走了不少热量，顾北打了一个寒战，赶紧又钻回了车里。

大趸儿突然想起了什么："对了，我好像拍到了刚才那玩意儿。"他指指头上的摄像头，"这摄像头一直开着，相当于行车记录仪。"

大趸儿打开手机，查看录像。看完之后，他把手机递给顾夕。确实是一群夜间飞蛾。

它们突然成群结队地从黑暗中冲向吉普车，像深海中翩然游动的鱼群撞向潜水艇。被车灯照亮的那一瞬间，飞蛾群以某种极为巧合的形态组成了一幅"图画"，恍惚间像是一张人脸。一瞬间之后它们就噼里啪啦砸在了汽车风挡玻璃上，留下残缺不全的肢体和黏液。

● VDO 9

虚焦：看似是某种残缺不全的肢体和黏液。

对焦：镜头在昏暗的阶梯教室里辨识出了讲台上的投影幕布。那摊看起来恶心可怖的东西原来只是一幅画的局部。虽然投影效果不佳，但当幕布上的画显现出全貌时，仍能让人为之震撼。

那是文森特·凡·高的自画像。画中的画家割掉了自己的左耳，一如现实中那样。

顾夕站在投影光束外的暗影里，向学生们介绍说："1881 年，28 岁的凡·高开始了绘画创作；1890 年，37 岁的他开枪自杀。凡·高一生中只留给绘画创作不到十年的时间，其中，用来进行印象派绘画创作的时间仅仅四年。但这并不妨碍他成为一个天才的后印象派绘画大师。"

幕布上的画从《自画像》换成了《麦田群鸦》。

顾夕说："和他的自画像一样，这幅《麦田群鸦》也被认为是凡·高的杰作之一。它似乎是一个不祥的预言——画作完成后不到一个月，凡·高走进麦田，开枪自杀。枪声响起，惊起群鸦，与这幅画作形成了一种十分诡异的呼应。

"巧的是，以上画作都创作于凡·高生命中的最后两年，也正是他生活在阳光明媚、色彩浓烈的法国南部，却同时饱受精神困扰的时期。

"凡·高的传记里提到，在他开枪自杀前的 18 个月里，他一直承受着身体和精神上的折磨：胃痛、便秘、幻觉、精神恍惚、记忆汹涌，还有莫名其妙的气愤和迷惘。"

幕布上的画从《麦田群鸦》换成了《星空》。从学生的反应来看，这是他们最熟悉的一幅画。

顾夕点点头，继续说："大家对这幅《星空》应该并不陌生吧。然而很少有人知道，这幅画的诞生，与凡·高的疾病有着密切的关系。

"换句话说，如果凡·高没有病，那么他可能就创作不出《星空》。这是人类的幸运，凡·高的不幸。

"按照凡·高生前曾经护理过他的一位精神病院护工的说法，凡·高在绘画时经常出现癫痫发作的症状。世界上每 100 个人里，就有 5 个人会癫痫发作，这不是什么疑难杂症。然而正是癫痫画家的身份，让凡·高成为绘画史上无可取代、独一无二的一位画家。谁能告诉我，你从这幅画中能够看出什么？"

学生们窃窃私语。

顾夕问："当你们盯着它看时，是不是感觉到星空中的旋涡在转动？星星在闪烁？"

学生们开始大声讨论起来，教室里像飞舞着一群马蜂一样嗡嗡作响。

幕布上的画面切换了，依旧是《星空》，但加上了若干条辅助曲线。

顾夕说："这是进行过数字化处理的《星空》，这些白色的辅助线清晰地标出了流体力学中的'紊流'。也就是说，在凡·高的画作中，他有意识地——谁知道呢，或许是无意识地——采用了一种非常精准的旋涡状笔触和能够'欺骗'大脑视觉皮质的强弱色彩，使他的《星空》在画布上转动起来。

"在本学期第一课讲色彩关系时我们已经讲过,不知道你们还记得多少?我们的视觉皮层中有两条处理信息的线路:一条用于判断光影的运动轨迹,但是,它对颜色不予判断;另一条用于分析光线的颜色,但是,它无法混合色度不一样的光影。当你们看那些印象派大师的作品时,你的大脑就会同时处理这两条线路传回的信息,结果是,在你看来,那些画作就好像动了起来。

"在凡·高生命中最后的日子,在他癫痫不时发作,饱受精神疾病折磨的日子里,他创作了很多这样谜一般的作品。"

悦耳的下课铃声响起。

"今天就到这里吧,下课。"顾夕关掉了投影,阶梯教室里的日光灯管依次闪烁着亮了起来。

学生们收拾书本,离开了教室。

镜头抬升,移动,走下阶梯,走向讲台。

顾夕发现了镜头,露出意外的神色,笑着问:"诶,你怎么来了,周扬?今天不上班啊?"

周扬画外音:"来看我媳妇上课呗。讲得太好了!"

顾夕露出不好意思的神情,抬眼扫过几个从自己跟前经过的学生。

周扬画外音:"你们搞美术的,是不是看什么画都能看出大道理啊？"

顾夕已经收拾好了讲义，她把手里的文件夹一挥，扇向镜头："得了吧，少埋汰我了。走，我请你吃食堂去。"

录像结束。

顾北拍拍顾夕："都是错觉，你就是神经太紧张了。"

大趸儿在一旁附和道："这咋看咋不像人脸啊。姐啊，你们搞美术的就是……怎么说来着，看啥都能看出名堂……"

"那不是美术，那叫艺术。"老宋取笑大趸儿。

吉普车继续在空无一人的国道上行驶。然而，车里的气氛并没有因为真相大白而轻松多少，反而给四个人的心里蒙上了一层不祥的预兆。

开了大约一百公里之后，在顾夕的坚持下，顾北将车泊入国道边上的一家招待所门前。

"大家先住下来休息几个钟头。"顾夕说，"夜里开车不安全。"

招待所老板睡在前台背后的一个值班室里。深夜被叫醒，他明显有些不快。顾北给老板递了一支甘肃白沙，要了三间房。老板自己掏出打火机点了烟，变得和气起来。

201房，大趸儿一进房间，倒床就睡，不久便鼾声如雷。

202房，老宋想洗澡，但看了看简陋的卫生间，只得作罢。她见顾北靠在床头玩手机，便骑到顾北身上，逗起顾北来。顾北笑道:"你不怕高反啊，大姐?""我不怕，你怕啦?""我也不怕。"说着顾北翻身把老宋压在了身下。床单上，一只蜷曲的虫子苏醒了，它慢慢爬向不知是谁的赤裸脚踝。无声无息的，它头顶的吸盘朝着脚踝上的皮肤吸了上去。

203房，啪的一声，顾夕拍得一手血。她原本正坐在床沿上拿手机查看那种蛾子。原来它的学名是"蝙蝠蛾"，此地常见。蝙蝠蛾的卵被真菌寄生之后，就成了青海有名的"冬虫夏草"。这种蛾子有背光性。顾夕盯着手机上"背光性"三个字，百思不得其解，为什么它们要成群结队冲向亮着强光的吉普车。突然，她觉得后脖子一阵痒，伸手往脖子上一拍，从衣领下抠出来一只血肉模糊的小虫子，大约是跳蚤之类。她从床上猛地站起来，把被子一掀，只见床单上还趴着几只别的虫子，有的蜷曲成一团，有的翻着肚皮，不知是死是活。

顾夕拿手扫开那些虫子，理了理床单，眼角瞥见刚才在手机上查找出来的蝙蝠蛾照片。飞蛾扑火，覆水难收。她觉得自己也像这蛾子，明明已经和周扬渐行渐远，却又非得来青海寻找周扬……

而周扬呢，他到底为什么突然不辞而别?

她就这样胡思乱想着，和衣而卧，一夜无眠。

清晨上路时依旧是顾北开车。顾夕一夜之间仿佛老了几岁。她的心里被一个个巨大的疑问塞满了，而现在，越接近目的地，这疑问越是沉重、不祥、如鲠在喉。

　　坐在副驾上的顾夕没多久便昏昏沉沉地睡着了。睡梦里，周扬还是刚刚相识时的样子。

　　等顾夕再次醒来时，已经是 3 月 29 日傍晚了。

　　"还有多远？"顾夕在副驾上坐直了身子，探身去看导航仪。导航仪屏幕上，代表着吉普车的绿色圆点，正朝代表着周扬的红色热气球一点点接近。

　　距离目的地还有 12.4 公里。顾夕脑子里一片空白。

　　见到周扬，和他说些什么呢？

　　即使每天见面，他们之间也无话可说。

　　在这次短暂的分别之后，她更加不知道和他说些什么了。问他为什么不告而别？他会像从前那样沉默以对吗？

　　顾夕突然觉得一切都不重要了。她不需要和周扬说什么。她只是想找到他。

　　仅此而已。

　　本来久久悬垂在地平线上的夕阳，在最后的 12.4 公里路途中，终于沉入远方的黄沙之中。天再次黑了。

　　顾北打开车头大灯。吉普车像一把利刃，割开沉沉夜幕下粗砾而昏暗的道路。这个世界并不允许真空存在，潮水般的黑暗很快又在他们身后合拢了。

　　路的尽头出现了一个镇子。冷湖就要到了。

顾夕扫了一眼手机上的提示，距离目标还有不到一公里。

她望着那片影影绰绰的灯光出神，不知道哪一扇亮光的窗户里，是她要找的人。

● VDO 10

一个男人在大声说："蓦然回首，那人却在灯火阑珊处。"白色和蓝色的光斑由模糊到清晰。

镜头对准台上的婚庆司仪。他继续说着："下面有请新郎周扬先生。周扬先生为我们美丽的新娘准备了一首歌。"

几个简单的和弦响起，镜头来回寻找了一番，对准了话筒架前弹着吉他的新郎。新郎唱的是郭顶的《想着你》，现场有些嘈杂。

顾北画外音："哟，我姐夫还会唱歌。"

新郎拨着琴弦，开口唱道："就这样轻易，因为你，我也能试着，写一首歌给你听，是关于你。"

人们安静下来。他放下吉他，取下话筒，一边轻声唱着，一边沿着挂满蓝白气球的道路走向一个巨大的白色圆球。

"没什么准备，一张琴，合着这声音，我只是想告诉你……"聚光灯打在新郎和白色圆球上。

"我爱着你。"

白色圆球变戏法似的突然破开，白色绸缎徐徐落下，里面站着新娘。

两人对视一眼，新娘没忍住，哭了起来。宾客们鼓起掌来。

新郎单膝跪地，抬头看着新娘。

新郎问："顾夕同学，今天嫁给我，你高兴吗？"

新娘接过话筒，还不等她回答，新郎突然栽倒在地。新娘目瞪口呆地看着躺倒在自己裙边、浑身抽搐的新郎。

不久大家都反应过来，这不是彩排过的剧情，而是突发情况。几个离得近的人上去帮忙。

其中就有大趸儿的身影，大趸儿朝向镜头，招手道："顾北，来来来，搭把手！"

录像结束。

吉普车驶入冷湖镇。整个镇子有两条长街，交汇于镇中心。大趸儿摁开头上的摄像头，和老宋一左一右，把脸贴在车窗上，

望着沿途经过的那些建筑。黑黢黢的夜幕下，这些黑黢黢的房子高高低低地耸立在黑黢黢的街道两侧，偶有一些亮灯的窗户点缀其间，越发让人看不真切。行道树的黑影在夜风中依次向后退去。镇上最亮的光，来自一家叫"国友"的招待所。

导航仪提示那就是目的地。

车刚一停好，顾夕就打开车门跳了下来。但她并没有马上走进招待所大门，而是倚靠在车门上，低着头发了一会儿呆。

　　暴露在夜风里不多一会儿，人就会冻得难受死了。古人形容大西北是苍茫云海，长风万里，诗里的远方总是很美好，现实却很骨感。

　　顾北、老宋和大趸儿已经各自背着行李，走进了招待所。顾夕缓缓吐出一口白气，朝着亮灯处走去，轻轻推开了门。

　　● VDO 11

　　虚掩的门被推开。

　　沙发上，顾夕正抱着腿哭得稀里哗啦，婚纱还没来得及脱。男声画外音："哟，怎么回事呀这是？"

　　镜头推进，仰视着顾夕哭花了妆的脸。男声画外音："谁欺负我媳妇啦？"

　　顾夕抽搭着说："我怎么……怎么之前就……没听你说过癫痫的事儿啊？"

　　男声画外音："你不是说那个画画儿——的谁，那癫痫画家，是全人类的幸运吗？怎么到我这儿了，你就不乐意了？"

　　"周扬，癫痫是不能生育后代的，你知道吗？你知道问题的严重性吗？"

　　男声画外音："我这又不是遗传，不怕，媳妇。咱遵医嘱，啊？"顾夕嗔怪道："我就是医生！"

男声画外音："对，对，对，我们家顾老师就是医生。""别这样叫我，那是我爸！"

男声画外音："好，好，好，那——小顾老师，您今天结婚，辛苦了。肚子饿不饿？想吃啥？"

顾夕不哭了，用浓浓的鼻音说："番茄煎蛋面。"男声画外音："得嘞，这就煮去。"

录像结束。

这段录像不知道为什么，有些损毁，全程都充斥着噪点干扰和间歇黑屏。

走进招待所，一股夹着油珠子的热浪扑面而来。原来这一楼还兼小饭馆儿，墙边坐了一桌，一男一女。两人互相敬着酒，脸红扑扑的，也不知道是酒劲上头，还是生来就是这样的高原红。

老板娘热情地问四人吃没吃晚饭，听口音是重庆人。不过墙上大字写着的几个菜天南海北，什么都有：炕锅羊肉、大盘鸡、拉面、干面、馄饨。

照例是顾北张罗着点菜。四个人在中间一张桌子旁落座。

菜上得比想象的快，待上到热腾腾的炕锅羊肉，老板娘满面笑容地问："来点啥子酒？"

顾北答："开车呢，不敢喝。"

老板娘讪笑了一声，但马上又恢复了热情和蔼的神色。

宿　主

　　顾北顺势问："跟您打听个人成吗？周扬，瘦高个儿，三十来岁。"听到"周扬"两个字，顾夕突然一怔，拿筷子的手停住了。老宋和大羼儿也对视了一眼，没曾想顾北就这么直截了当地问了出来。这时靠墙那桌的男人放下酒杯，向着老板娘说："年轻啊，太年轻了。"

　　老板娘扫了一眼四人凝重怪异的神色，似乎斟酌了一番，说："你们是头一回来冷湖找人吧？"

　　这问题问得没头没脑，又似乎切中要害，顾北和大羼儿都连连点头。

　　"今天太晚了。"老板娘说，"明天早上再去嘛，反正从这儿过去也没多远。"

　　"从这儿去哪儿？"顾北丈二和尚摸不着头脑。

　　"四号公墓啊。你们是错峰出行来冷湖的吧？"

　　"公墓？"

　　"过几天清明了，每年清明小长假，内地人来得多。都是来冷湖石油公墓的。年年有生客，像你们这样，来找几十年前埋在这边的长辈。"

　　顾北正诧异，邻桌的那个男人却打开了话匣子，和他攀谈起来。男人告诉他，他的父亲曾在镇上的卫生院当会计，如今他子承父业，干了几十年卫生院的会计，也到了退休的年纪。他父亲是1958年来的，对冷湖当时盛极一时的繁华景象记忆犹新。

"我父亲刚来没两个月，1219钻井队就在地中四井钻到了油。原油连喷了三天三夜，当时还死了几个人。活着的几个，后头也出了怪事。"

说到这里，他止住话头，呷了一口酒。"什么怪事？"老宋好奇地问。

"这个啊，你们去翻镇志——"男人不紧不慢地说，"是翻不到的。只有亲眼见过的人哪，才晓得。"

他见几个人都认真支棱着耳朵，又呷了一口酒，用微醺的口吻说道："1958年9月13日，1219队在地中四井打眼子，突然打到油龙了。你们没见识过，油龙就是黑色原油，嘶啦一下从井里窜上来。那龙是周身带了气的，普通人怎么近得它身旁？第一次冲上去的六个人还没走近就被冲倒了；第二次上了十二个人，但是井口按不住；第三次上了二十五个人，六个人负责对扣井盖，剩下十九个拿身体硬压上去，这才盖上了。"

"张老师，你是不是喝醉了？"坐男人对面的女人问他。

男人摆摆手："醉没醉，我晓得。我父亲当时在卫生院，井喷当场就死了人。这个是镇志写的，我没有乱说。但是后头发生的事，就是他亲眼见的了——镇志里没写。井喷过了两月，卫生院突然接了二十来个急诊，是在井上干活的工人，不晓得因为啥子，浑身抽起来了。重的倒地上吐沫子，轻的喊脑壳痛、心烦想喝水。当然，这个事情没有死人，也就没有上报，哪里都没写。那天的天气很异常，我父亲说，当天从冷湖东北方向传来几下闪光，接着响了一串

宿　主

旱天雷。听说同一天，青海湖也发生了龙吸水的怪事。这些都不算离奇，最离奇的是，这二十来个工人有一个共同点：他们虽然是从各个队送来卫生院的，但刚好都是 9 月 13 日那天去地中四井帮过忙、冲在最前头的那一批。"

"这故事有意思。不过您误会了。"顾北说，"我们找的周扬，是一个大活人。"

"我还以为你们是来扫墓的。"老板娘终于插得进话了，她爽快地说，"叫周扬的，没得。瘦高个儿，三十来岁，这两天倒是来了一个。"

男人见他们聊上了，便往嘴里扔了一粒油酥花生米，又和女人互相敬起酒来。

"他住几号房？"顾北连忙问。"走啦。"

"走啦？"

"27 号来的，住了两晚，今早退房了。"顾夕心里咯噔一下。

她进一尺，真相就退开一丈。

然而连顾夕自己都没想到的是，此时此刻她心里反倒是松了口气。她和自己所追逐的真相之间，似乎形成了某种心照不宣的默契。"他是你朋友？"老板娘好奇地问顾北，"怪头怪脑的，昨天晚上，哦，不，今天早上，他从外头回来喊醒我退房……"老板娘说着，从腰间挂的钥匙串上找出一把"103"的钥匙，噘了噘嘴："喏！那阵天都没亮，我看他穿得像杨利伟一样，还当是我没睡醒。"

四人面面相觑，更加确定周扬曾经到过这里。他住了两晚，然后离开了。离开时，穿着几年前在戈壁上向顾夕求婚时穿的那套宇航服。

那一次陪他来青海的，是顾北、老宋和大昆儿。到冷湖拍求婚视频也是周扬的主意，因为他和顾夕就是在戈壁上相识的。为这个，顾北还特意找一个常年跟剧组的朋友收了一套宇航服。

顾北负责开车，大昆儿负责操作无人机。三个人合起伙来骗顾夕说是出差。老宋那时是周扬单位的新人，跟着出来玩，很放得开。戈壁之行结束，回到北京之后，顾北女朋友就变成了前女友，老宋成了他的新女朋友。

从老板娘的描述来看，一切都吻合。真相似乎呼之欲出。

现在唯一的问题是，周扬离开冷湖，又去了哪里？

顾夕面对眼前的情形，脑子飞快地运转着，猜测着周扬来青海的动机。

千头万绪。

同一屋檐下的夫妻，是什么时候，不知不觉成为亦敌亦友的两个人？她偶尔暴怒，他时常沉默。平静时相互依偎，可平静中总要生起波澜。就连周扬这次毫无征兆的离家出走，她对他背后的动机也是一筹莫展。

七年。还没来得及了解一个人，就已经对望两相厌。

顾夕有时候觉得，生活在这样的关系里，好似慢性自杀，连呼吸都艰难。更多的时候又觉得，世上只是多了一对不快乐的夫妻而已，地球照样转动，太阳每天都是新的，活着就没必要矫情，没什么过不去的坎儿。

就在顾夕踟蹰于"不快乐"的这一分钟里，她身体里的一亿个细胞死亡了，同时又有一亿个细胞诞生。

它们甚至都来不及思考"快乐不快乐"这个无聊的问题。

七年。周扬就是这样一分钟，一分钟，又一分钟，变成现在的样子的吧？枕边人的改变就如涓涓细流，不分昼夜。顾夕和周扬每天形影不离，其实却每分每秒都在相互远离。

一开始，是一个全身上下，从头到脚，每一个细胞都百分之百地爱着顾夕的周扬。

每过 5 天，他的肠道表皮细胞就更新一次。

每过 7 天，他的胃壁细胞就更新一次。

每过 10 天，他的味蕾细胞就更新一次。

从什么时候开始，他不再夸赞她的厨艺？不再津津有味地吃她做的菜？他们有多久没有坐下来，好好吃个饭了？

每过 28 天，他的皮肤细胞就更新一次。

从第几次肌肤之亲开始，他变得推脱，冷淡了？

每过 120 天，他的红细胞就更新一次。

每过 180 天，他的肝脏细胞就更新一次。

就连骨细胞和心脏细胞，也会每隔若干年就更新一次。从哪一次争吵之后，他开始变得口是心非、心不在焉？

一个成年人身体里的细胞总数在 50 万亿到 75 万亿个。只消一年时间，人体 98% 的细胞会被更新一次。

女人是个例外，女人身体里有一种细胞是永远不会更新的，那就是卵细胞。这大概就是男人和女人的区别吧。当男人从头到脚都变了，女人身体里却还是有始终如一的地方。

七年。七年前认识的那个周扬，他身上的每一个细胞都已经死亡了。而她现在寻找的这个周扬，还是七年前那个周扬吗？顾夕心里有个声音在告诉她：不，不是了。

可是这个周扬如果不是那个周扬，又是谁呢？

"你们咋找到这儿的？"

老板娘的声音把顾夕从纷乱的思绪中拉回了现实——

她此时此刻在这里，在中国西北一个鸟不拉屎的高原小镇上，试图从险象环生的戈壁和黄沙中大海捞针一般找到一个故意离家出走的人，解决自己那更险象环生的婚姻问题。

"你们咋找到这儿的？"老板娘笑吟吟地又问了一遍。大趸儿答："追踪手机定位。"

"哦，对了，上午打扫房间时捡到了个……老赵！老赵！"老板娘话说了半截，一拍双手，转身往厨房方向喊。

"啥嘛？"厨房传来一个惊雷般的声音。

"你捡的那个，放哪儿了？人家屋头来人了。"

一个圆脸的汉子从厨房的小门钻了过来，伸手在裤兜里掏了一阵，递给老板娘一部手机，又嘟嘟囔囔地从小门钻回了厨房。

老板娘把手机拍到顾北手里："解锁。"顾北一头雾水。

老板娘说："那人在我这儿住了两天，登记的名字叫王子轩。但除了他没别人是三十来岁，瘦高个儿了。你要能解开锁，就证明他是你们要找的人，这手机就还给你们。我也做成一桩拾金不昧、物归原主的美事。"

顾夕突然扑哧一声笑了出来，扭头看了一眼大趸儿。老宋问："姐，你笑什么啊？"

大趸儿老老实实地答道："我就叫王子轩。"

老宋也扑哧笑了出来："认识你这么多年，还以为你身份证上的名字叫王大趸呢。"

顾北问顾夕："你知道姐夫手机的密码吗？"顾夕摇摇头。

顾北为难地把手机递给顾夕："那你试试几个可能的组合？"

"这……试错了手机会被锁上的吧。"老宋说，"万一锁个一百年，那姐夫不就成千古之谜了吗？"

顾北瞪了老宋一眼，老宋不甘示弱地给瞪了回去："顾北，你的手机密码没换吧？拿过来我看看！"

顾北一下子蔫菜了："还是关心关心眼前这手机怎么打开吧。"

老宋不依不饶："现在最棘手的问题，就是姐不知道姐夫的手机密码。所以你赶紧的！手机拿来！"

两人磨嘴皮子的当儿，大趸儿说："要不，咱们明天找地儿刷个机？"

顾夕摇摇头："刷机会丢失手机里存储的照片和视频，那是我们找到周扬的线索。"

她思忖一番，从顾北手上拿过了手机。手机刚到她手上，屏幕就亮了。

"高级货！摸一把就解锁了。"老板娘弯下腰看了一眼，"我这人说到做到，手机归你们了。"

她转身钻过通往厨房的小门，把刚才发生的事告诉老赵去了。顾夕低下头，在手机屏幕上划拉着，查看照片。

顾北、老宋和大趸儿立刻把头凑了过去。整个手机里，只存了一张照片。

那是夜空中璀璨的银河。

● VDO 12

镜头调试。

夜空中的银河顺着逆时针旋转起来，一颗颗星划出一条条线。镜头重新对焦完毕。

原来是一张脑部核磁共振的成像图。

一位医生模样的老者拿圆珠笔在成像图上画了个圈，摇摇头说：

"没有发现器质性病变，暂时确定不了痫灶的位置，还得再做进一步检查。"

宿 主

镜头上下晃动，表示点头。"爸，那这是遗传病吗？"

镜头顺着声音找到一张忧心忡忡的脸，顾夕。

"不排除。"顾父说，"癫痫的成因很多，包括遗传、病毒，甚至是光敏刺激。"

顾夕问："那对健康有影响吗？怎么治啊？"她旋即抬头看着镜头，伸出手来，"诶，周扬你别拍了！"

录像结束。

这段录像同样有些损毁，全程都充斥着噪点干扰和间歇黑屏。

顾夕问顾北要了一根烟，走出"国友"招待所的大门。

即使裹着厚厚的羽绒服，她感觉还是被夜风洞穿了身体。仿佛自己重获新生，光着屁股降生于冰天雪地。

顾夕深深吸了一口烟嘴，烟头在干冷的空气里无声地闪烁着。她吐出一口白烟。

烟雾变幻着形状，朝着她头顶的星空飘去。

顾夕抬头，不经意间就看到了苍穹如瀑，星辰如钻。七年前，她和周扬就是在这样的星空下相识的。

太奢侈了。

顾夕心里冒出一个声音。

她轻轻笑了一下，不明白自己是在说什么太奢侈了。

是这样纯净璀璨的夜空奢侈，还是人生中得一人心是奢望。招待所的门在她身后吱呀打开，一道温暖的黄色光柱照着顾夕的背影，在她身前投下斜斜的剪影。门很快又关上了，黄色的光柱和地上的影子也随之消失不见。

顾北走到顾夕身旁，搓了搓手。"进去吧。"顾北说。

● VDO 13

俯视镜头：沙滩。白浪带着泡沫，冲上沙滩，又哗啦啦退回大海。镜头抬起：一轮赤红的太阳悬在海平面上。

顾夕画外音："我悄悄来漳州啦！这里是周扬老家。我就是想来看看他长大的地方。"

镜头朝着天空反复对焦。火烧似的晚霞。

顾夕画外音："周扬说他以前每天放学都来这个海边。"

顾夕大喊："周——扬——你——看——，我和小时候的你看过了同一个夕阳！"

录像结束。

顾夕点点头，在近旁的一棵钻天杨的树干上摁灭了烟头。

她跟在顾北身后往回走，突然扭头看了看夜空，问："你说，今天的我和昨天的周扬是不是看过了同一片星空？"

顾北转过身来，若有所思地问："你说什么？""没什么。"

"你说，星空……"顾北突然有些激动，转身一把推开门，朝屋里的人喊，"我有办法了！找到周扬的线索，我想到了！"

顾夕跟在顾北身后一路小跑进了招待所。四个人重新在饭桌前坐下。

顾北让顾夕把周扬的手机重新解锁，打开了那张星空图。他拿右手食指和拇指不停地在屏幕上划拉着，星空图被不停放大。

顾北举起手机，指着屏幕问另外三人："你们看出来了吗？""看出来什么啊？"老宋问，"顾北你快说吧，别卖关子了。""大趸儿，你能查到这张星空图是在哪儿拍的吗？"顾北扭头问大趸儿。

"我试试。"大趸儿说着，掏出手机忙活起来。

"啧，啧，啧！行啊，大趸儿，黑客啊！"老宋在一旁用手支着下巴说，"顾北，到底怎么回事？"

"这张星空照片，应该是在青海拍的，但不一定是在冷湖。"顾北说，"因为就照片的清晰度来说，不是拿手机直接对着暗夜拍摄，而是连接了别的天文望远设备——你们看，像这几颗星，普通手机是拍不下来的。"

顾夕听了恍然大悟："如果你的猜测没错的话，周扬应该是昨天晚上，在一个距离冷湖几小时车程、具备天文观星设备的地方拍了这张照片。"

"比对了一下 3 月 28 日夜间各地天文观测站向外公布的星空图，那张照片的拍摄地点应该是东经 97° 33'6"、北纬 37° 22'4"，紫金山天文台青海站。"大趸儿的手机上也显示出了结果。

四个人互相看了看。

半晌，大趸儿试探着说："在德令哈的野马滩，离这儿五小时车程。那里有架中科院的微波射电望远镜，还寄放了国家天文台的三架光学望远镜和中科大的一架七百毫米望远镜。"

"你们太厉害了吧，竟然都蒙对了！"老宋说。顾北笑着说："这彩虹屁我爱闻。"

"可是，这也不能说明姐夫现在还在那什么……紫金山天文台青海站啊？"老宋又说。

说完，她和顾北、大趸儿一齐狐疑地看向顾夕。

"不，他还在那儿。"顾夕很笃定，"就算他不在那儿了，他也一定在那儿留下了线索。"

● VDO 14

打开的置物架上，治疗癫痫的药物瓶一字排开。瓶子都是统一的黄色，瓶身上贴着白色标签，不同的是标签上的字，"开浦兰""苯巴比妥片"之类。

顾夕画外音："我藏好啦！"

周扬拖得长长的画外音："好嘞！"

一只手取下两个药瓶，单手拧开，把药片倒进嘴里。

同样是这只手，把药瓶放回置物架上，关上柜门。门上是一面镜子，但一张贴着的照片挡住了镜中的面孔。

照片上是玻璃花瓶和一幅挂在墙上的画。凡·高的《星空》。一只手从镜面上扯下了照片。

剪切点。

一只手举着刚才那张照片，摆出和屋内真实的摆设一模一样的角度。

镜头四处转动一圈，显示此刻观察者所站的位置是书房的台灯旁。

一只手在台灯的灯罩里摸索，找到了第二张照片。照片是一盆绿植。

剪切点。

一只手举着绿植照片，摆出和屋内真实的摆设一模一样的角度。

镜头四处转动一圈，显示此刻观察者所站的位置是客厅的沙发上。

一只手在沙发的缝隙里摸索，找到了第三张照片。

照片上是一片灰白色，角落里有一块青灰色的印渍晕染开。

形状像只小狗。

剪切点。

翻箱倒柜。

剪切点。

一只手拉开厨房岛台下方的柜门。柜门内侧是灰白色的，左下角有一块青灰色的印渍晕染开。形状像只小狗。

顾夕弯着腰，抱着膝坐在里面。

她抬起头说："周扬，你怎么这么慢啊？我都快闷死在这儿了。"男声画外音："谁让你藏得这么难找？我媳妇英明神武，连橱柜门板都能拿来当线索。"

一只手伸向顾夕，把蜷缩成一团的她从橱柜里拉了出来。顾夕开心地大笑。镜头定格。

录像结束。

这段录像的损毁程度比之前两段更为严重，全程都充斥着噪点干扰和间歇黑屏，同时闪烁着不明曲线。

像昨晚一样，他们要了三间房，各自拿了钥匙。因为约定好 3 月 30 日一早七点启程出发前往德令哈，所以大家都早早进房间休息了。

连日来的奔波让顾夕疲惫不堪，她也顾不得招待所条件简陋，一进房间就拧开了浴室里的热水开关，准备好好冲个热水澡。

这时，房门被敲响了。

顾夕走到门口，拉开房门。门外没有人。

她左右看看，楼道两侧也空空荡荡的，只有昏暗的灯光照在地上褪色的廉价地毯。

也许是听错了？

顾夕想着，退回了房间。这时她突然瞥见房门上趴着一只巨大的黄棕色蛾子。

宿 主

顾夕吓了一跳。这只蛾子就趴在房号"103"的标牌下方，和她之前开车撞到的那种蝙蝠蛾一模一样——展开的巨大翅膀上，各有一只"眼睛"，仿佛在盯着她看，吓得她赶紧砰的一下把房门关上了。

顾夕从背包里拿出换洗衣服，走进浴室。氤氲的热气已经在这狭小的空间里弥漫开来。

她再次怔住了。

在浴室的一面椭圆形镜子上，是一个手写的词：

bye

这是四五线小城镇旅馆里常见的那种普通镜子，仿铝合金色泽，其实是塑料材质的镜框，镜面上密密麻麻布满热水蒸腾起来的水蒸气。"bye"这个词，看起来像是曾经有人用手指在镜面上一笔一画、反复写下的。

顾夕伸手去触碰那行字迹。隔着玻璃，她的手指和镜中的手指，却永远无法贴在一起。

为什么字迹看起来那么眼熟？

会是周扬昨晚留给她的留言吗？

顾夕脱掉衣服，走到淋浴喷头下。热水顺着她的脸往下淌。她伸出双手，捂住眼睛，无声地哭了出来。

她心里清楚，那就是周扬的字迹。不仅是周扬的字迹，连说话的风格都是周扬的。他有个习惯，写"终止"命令时，不用"quit"也不用"exit"，而是用"bye"。这是作为程序员的周扬特有的表达方式。

无论周扬是真的在和她告别，还是警告她停止寻找，这个"bye"都像是一个欲盖弥彰的封印，阻挡在她和他之间。

如果说之前她还曾经对要不要去德令哈有一丝犹豫，现在她已经下定了决心。

不找到周扬，她是不会停止的。这一夜，顾夕做了一个梦：

蝙蝠蛾把卵产在泥土里，卵慢慢长成如蚕般的幼虫，一种真菌侵入幼虫体内，菌丝一点一点充满了幼虫的身体——

在来年雪化之前，细长的子座便从那已经僵死的幼虫头顶钻出地面。

DAY 2　3月30日

1988年的一个雨夜，24岁的海子孤身前往西藏，途经荒漠之城德令哈。在草原的尽头他两手空空，却写下了诗句："姐姐，今夜我不关心人类，我只想你。"

人们对1988年保有各种各样的记忆。海子的诗句是其中之一。

1988年，其实还发生了很多其他事情。人们总是善于记住那些小事，比如那部韩国很火的、充满回忆的虚构故事电视剧《请回答

1988》；却鲜有人能记得那些宏大的事实，比如这一年，地球和火星相距 5880 万公里。在那之后，又过了 15 年，直到 2003 年它们才再次向对方靠近。这一次，两者相距 5576 万公里，是 6 万年来离得最近的一次。

在写下《姐姐，今夜我在德令哈》数月后的 1989 年 3 月 26 日，海子卧轨自杀了。

人们说诗人是心碎而死的，德令哈那个雨夜是他忧伤的证明。此刻，顾夕正驾着车，行驶在通往德令哈的省道上。后视镜里，"弘扬柴达木石油精神，奉献千万吨发展作业"的巨幅路牌渐渐远去。诗意和现实，并存在这片望不到尽头的广袤戈壁之中。

　　● VDO 15

录像的画质有些年头，身着浅蓝色西装的女播音员在介绍发生在日本的一则新闻。

画面上，一名儿童全身颤抖，口吐白沫躺在病床上。几名白大褂把病床从救护车上抬下来，推入医院急救室。

女主播用八九十年代特有的播音腔说道："数月前，由任天堂公司出品的儿童动画片《口袋妖怪》第 38 集《电脑战士 3D 龙》在日本播放，引发观众集体癫痫发作。当晚有近 700 名儿童因为观看了该动画片而受到强烈的闪光效果刺激，被送医就诊。日本动画片皮卡丘也遭到禁播。"

录像结束。

　　这就是被戏称为"任天堂癫痫"的光敏感性癫痫。顾夕怎么也想不到，她童年时代不经意间看过的一则新闻，若干年后竟然发生在了自己丈夫周扬的身上。

　　自从婚礼上那次发作之后，周扬就需要用药物来控制他的光敏感性癫痫。他不再开车上下班，而是选择坐地铁。因为开车时，哪怕是透过梧桐树的枝叶射进他眼里的阳光，也会和那些有着特定的闪光频率的人造灯光一样，成为引发癫痫的诱因。

　　阳光、灯光，甚至是楼宇外立面的反光，十面埋伏，步步为营。渐渐地，生活不再安全，每分每秒都充满着意想不到的危险。

　　语言困难，情感障碍，时间失真……每当癫痫发作，周扬整个人就会断片儿。他听不到任何声音，也看不见任何东西，只是朝着一个光明的深渊坠去。在那深不可测的底部，恐惧、愤怒、幻觉伸出千万只手来，紧紧地抓住他的脚踝。

　　好在周扬的老丈人、顾夕和顾北的父亲顾老师，是个医生。他给周扬介绍了协和医院的癫痫专家，周扬却拒绝手术，选择了保守治疗，也就是每天吃药。

　　顾夕看在眼里，却无能为力。无论多么亲密的人之间，人们对他人的痛苦，总是无法真正感同身受。

　　也许周扬这次不辞而别的原因没有那么复杂——也许他只是厌倦了危机四伏的城市生活，而不是厌倦了她。

　　至少在青海的这片戈壁上，道路笔直，黄沙漫地，他不再担心

宿　主

在众目睽睽之下，这一秒还是清醒的，下一秒就坠入不可控制的深渊。

　　顾夕一边开车，一边摇了摇头。否定了自己这个自欺欺人的想法。跟癫痫无关吧。婚姻中的问题很复杂，归结在任何因素上，都只是替千疮百孔的两性关系找了个替罪羊而已。事实是，她有她的轨迹；他呢，也有他的。

　　他们相遇时离得很近，但终归是要渐渐远离。就像……地球和火星。

　　● VDO 16
　　一张靠玻璃幕墙的餐桌，对面坐着顾夕。
　　玻璃幕墙外，华灯初上，银河 SOHO 流光溢彩。顾夕笑着，开心地说着什么。
　　服务生端上来一道菜，XO 酱烩海鱼。
　　顾夕用刀切开鱼头与鱼身，把大块的鱼肉放进周扬的盘子里，又把鱼头放进自己的盘子里。
　　她一面拿叉子去拨弄面前盘子里的鱼头，一面看向窗外。
　　餐厅内的大红灯笼映照在玻璃幕墙上，显现出天上同时悬挂着三个红色巨星的奇观。
　　"看，周扬！"顾夕指着窗户上的幻景说，"火星！"周扬画外音："我就是打那儿来的。"

顾夕扑哧一声笑了："行——您啥时候回母星啊？地球太危险了，您看这顿饭得吃掉您半个月的工资吧？"

"男人都来自火星，我们要回去了，你们这些留在地球上的女人怎么办？"

顾夕翻了一个白眼："我们女人就回金星呗。《男人来自火星，女人来自金星》，是不是有这么一本书？"

周扬画外音："好像是有这么本胡说八道的书。对了，顾夕同学，麻烦你个事儿。"

顾夕边使着兰花指弄鱼头，边毫无防备地问："什么事儿，你说！"周扬画外音："我出四块五，你出四块五，咱俩一起投资一本结婚证，终身持有那种，你看怎么样？"

顾夕一愣，抬起头来看着周扬，突然爆发出一阵咯咯的笑声。餐厅里的其他客人都纷纷朝她看过来。

顾夕笑得上气不接下气："周扬，没这么便宜的事儿啊！你得给我一个特别的求婚！特走心那种！"

周扬画外音："我这半个月工资都豁出去了还不走心？"顾夕还在止不住地哈哈大笑。画面定格。

录像结束。

收音机里传来断断续续的声音："火星和地球每15年靠近一次，最远时相距4亿公里……当地球和火星运行到各自轨道的远端时，

宿 主

从地球到火星即使以光速飞行，也需要近4个小时；而今年两者距离最近，仅需192秒，不到4分钟。"

顾夕听出这跟昨天是同一个广播节目，主持人话锋一转，开始和嘉宾聊起了冷湖地区的一座"火星营地"。她伸手扭动旋钮，换到了一个音乐电台。"花儿唱起，一骑绝尘。马海的蚊子，冷湖的风。"

虽然离开了冷湖镇，但风却越来越大。不时能看到巨大的风车，在戈壁上静默地站立着。白色叶片反射着太阳光芒，徐徐转动。

她轰了一脚油门，看着碧蓝如洗的天空下道路远方升腾的水汽，不禁想："如果没有人工铺设的道路和那些风车，这条路上跑车的司机们大概真会发疯发狂，以为误入了荒凉的火星腹地。"

朝西刚开出了50多公里，收音机里的声音从断断续续变成了毫无意义的杂音。

关掉收音机，又开了一两公里，吉普车突然先是发出砰的一声爆炸似的响声，接着是一阵刺耳的急刹车，然后就像个醉汉一样，一骨碌侧翻在路边。

顾夕和顾北、老宋、大趸儿相互搀扶着从吉普车里爬出来。四个人都灰头土脸的。

老宋的左胳膊和右手虎口都挂彩了，鲜血直流。顾北拿出一件干净的衬衫给老宋简单包扎了一下，又用一条毛巾拴在她胳膊上止血。

顾夕检查了下吉普车，只见右后侧的车胎已经完全瘪了。应该是急速行驶下的爆胎引起了侧翻。她突然感到一阵耳鸣和目眩，可能是翻车造成了脑震荡。她绕到车屁股后面，吐了。

顾北摸出手机，发现这地方一格信号也没有。

顾夕、老宋和大趸儿也掏出各自的手机，没一个人的电话能打出去。顾北说："我记得刚才路过了一个基站，我往回走走，看看能不能打通电话。你们仨在这儿等着。"顾北说完，往东朝回走去。

顾夕叫住他，跑上去叮嘱了几句。

"在西宁租车的时候我检查过车胎，完全没有问题。"顾夕小声对顾北说，"这胎爆得有点奇怪，不排除是人为造成的。"

"你是觉得有人做了手脚？"顾北问。顾夕点点头："你注意安全。"

她没有向顾北解释太多，怕顾北担心——招待所浴室镜子上的字迹，还有昨夜关于蝙蝠蛾的、栩栩如生的梦境。

顾北拍拍顾夕的肩："知道了。帮我看着点老宋，别让她乱跑。"说完转身走了。

他的身影越来越小，越来越小，最后消失在地平线上，消失在正在升起的、硕大的红色朝阳之下。

顾夕回到车边，尽力收起忧心忡忡的表情。找周扬是她的事儿，她不想再出什么岔子，怕连累了顾北、老宋和大趸儿。但这一路上发生的怪事越来越多，说不清、道不明。

她隐约预感到还会发生什么危险的事情。就像当你俯身去看一口散发着恶臭的井，你根本无法预计看到的到底会是一汪长满绿藻的水，还是一具尸体。

　　顾夕觉得，空气中，仿佛已经有了一丝这样令人不安的气息。
等在原地的老宋和大趸儿百无聊赖。大趸儿拿出头戴式摄像头，开
始拍摄起车外的景象。

　　● VDO 17

　　呼呼的风声，鬼哭狼嚎一般。

　　镜头绕着吉普车环扫一圈，笔直的省道把荒芜的戈壁

从中间剖开，从南到北，从东到西，没有尽头。

　　即使是在白天，远远近近的土堆土堡，依然显得鬼影

绰绰，阴森诡异。

　　录像结束。

　　● VDO 18

　　大趸儿画外音："你男人怎么去了那么久？"

　　老宋："这是高原！普通人走两步就喘，不然让你去？

你去，天黑了都回不来。"

　　大趸儿画外音："哟，真维护你们家老爷们儿。"老宋

一翻白眼："那当然。"

　　录像结束。

　　● VDO 19

　　大趸儿画外音："咦，那是什么？"镜头放大，北边似

乎有什么东西。

　　大趸儿画外音："诶，诶，诶，你们来看看。"

　　镜头继续放大，戈壁尽头似乎有一排建筑物。

　　录像结束。

　　一段漫长的等待之后，一个小小的黑点出现在东面。顾北回来了。

　　"我给'国友'老板娘打了电话，她说帮咱们叫个拖车过来，先把这车拖回镇上修理。"他说。

　　"我们得马上租辆新车。"顾夕说。

　　"拖车师傅的徒弟会开辆 SUV 过来，价钱都已经谈好了。不过他俩昨晚就出去接活了，咱们得等七八个钟头。"

　　"那中午是赶不到德令哈了。"顾夕皱了皱眉，"老宋的胳膊得找地方消毒，重新包扎一下。"

　　"那边好像有个休息站。"大趸儿指了指北面，"说不定是个卫生站。要不就是加油站，有热水。"

　　他说着，从倾倒的吉普车后备厢里拽出了自己的行李，打开来，翻找出一盒方便面，坦然面对着其他人诧异的目光。

　　没有掩体，暴露在越来越晒的太阳底下，干燥寒冷的风和灼热刺目的阳光轮番折磨着他们。这条荒无人烟的省道上，通常半天也见不到一辆过往车辆。几个人最终达成一致，先去大趸儿说的那个地方给老宋包扎一下，如果还能在那里搭上前往德令哈的顺风车或者租到车更好。

一望无际的戈壁上，任何一个看起来并不遥远的物体，实际距离都远得超乎想象。

● VDO 20

一阵螺旋桨的噪声。镜头从地平线上摇摇晃晃地升起。好像是摄像机绑在了无人机上。

空气干燥，视野清晰。

跃过无数赭色沙丘，远方地平线上出现一个渺小的人影。无人机呼啸着飞向人影，俯冲，镜头放大。

那是一个穿着泛黄的宇航服的人。他浑身臃肿，黑色的宇航面罩上映照出黄沙与风蚀岩。他抬起头，朝着无人机挥手。

无人机飞近，他俯身从地上拾起一块大约一米长、半米宽的纸板。镜头对焦，纸板上用黑体字写着：

　　　　　顾夕同学

他将这块纸板放到脚边，双手举起第二块朝无人机方向展示：

　　　　　我已老大

接着第三块：

　　　　　你也不小

第四块：

认识这么久

第五块：

第五块：

想请你帮个忙，认识这么久

他停顿了一会儿。空气中充满了螺旋桨搅动空气的声音，但又仿佛整个世界此时鸦雀无声。

他掀开最后一块，久久地举向天空：

嫁给我，好吗？

无人机绕着"宇航员"盘旋了一圈。

在盘旋到第二圈时，影像仿佛受到了某种信号干扰，突然扭曲，持续三秒。黑屏。

黑屏结束之后，"宇航员"站在原地，和无人机保持着刚才的距离。面罩上的反光让人无法看清他的表情。

突然，他转身朝着身后海拔四千多米的赛什腾山跑去。大冠儿画外音："诶，周扬！周扬！你干嘛？"

他既没有回答，也没有回头。臃肿的外套并没有阻止他的脚步，他大步大步地飞奔着。

顾北画外音："周扬，这是干嘛啊？"

无人机摇摇晃晃地降落在戈壁上，镜头被一块风化石挡住。

黑屏。

镜头再次开启，对焦。

一只手把无人机从地上拾起来。

老宋带着哭腔问："他去哪儿了啊？"顾北画外音："充好电了。"

无人机再度起飞，镜头俯视着地面，能看到顾北、老宋、大趸儿三人的头顶。

无人机朝赛什腾山方向飞去，茫茫戈壁上空无一人。

录像结束。

他们走了足足两个钟头才走到。

令人失望的是，那并不是什么休息站，而是一个被游牧民遗弃的蒙古包群落。海西州的游牧民驱赶着牛羊沿水草丰美的地方迁徙，这里只是他们往年迁徙途中的一个临时站点。

蒙古包里没有供电设施，也没有床铺，只剩几床被虫蛀烂了的棉絮。他们找到几桶浑浊的液体，可能是水，也可能是油。

大趸儿捧着那盒没开封的方便面欲哭无泪。顾夕因地就简地帮老宋重新包扎了一下伤口。

顾北打开随身携带的水壶，把仅剩的一点水分给另外三人喝了。他建议大家分散开来，在几个蒙古包之间继续搜寻有用的东西。

不知道为什么，顾夕总感觉这里似乎还有第五双眼睛，正在注视着他们。她四下环顾，明晃晃的阳光下，并没有别的人。

顾夕问顾北，拖车师傅走到哪儿了，什么时候能到。顾北搜寻了一番信号，走到蒙古包背后去给"国友"老板娘又打了个电话。

顾北打完电话，四个人分成两组在几个蒙古包之间继续搜寻可用的东西。只要稍微抬高音量，即使看不见人影也能互相听见声音。

"拖车师傅昨天晚上给人跑车去了，花土沟有人娶亲。他要中午喝了喜酒再过来。我把这儿的定位发给他了，咱们不用再走回省道上去。"

"他不怕酒驾？"老宋问。"他徒弟开车。"

"奇了怪了，什么人是半夜娶亲？"大趸儿也问。

顾北无可奈何道："老板娘说青海这边的蒙古老乡都是半夜娶亲。因为害怕遇到民间说的一种不吉利的东西。"

老宋一听，抱紧了胳膊往顾北身上靠过去："别说了，吓人。""什么不吉利的东西？"顾夕问。

"一种瘴鬼。总在有亮光的地方出现，伸手不见五指的夜里反而不出现。"顾北说，"它一出现，就会附在人身上，让人发疯，学羊叫什么的。"

"呸，呸，呸，顾北，你别吓人了。"老宋真的被吓得不轻，使劲拧了顾北胳膊一把。

"青海的蒙古族管被瘴鬼附身的人叫'乌瓦达丹'，就是'鬼奴'的意思。"顾北说，"也许这种'瘴鬼'只是某种引起人疾病发作的寄生虫。沿海一带的蟹农不是也有'蟹奴'的说法吗？老宋她们老家就有。"

"蟹奴？"顾夕还是第一次听到这个词。

宿 主

　　"蟹奴是种寄生虫，寄生在螃蟹身上，就像一粒种子长在花盆里，它生出的根须会爬满螃蟹全身。螃蟹成了个空壳。原本的螃蟹已经不复存在了。"老宋说，"然后蟹奴的卵巢就从螃蟹肚子那里爆出来，黄灿灿的一坨，好些不懂的人还当那是蟹黄给吃掉了。"

　　顾夕听得想吐。

　　她发现不知什么时候，和自己组队的大趸儿不见了踪影。

　　"被蟹奴寄生的螃蟹不脱皮，也不交配繁殖，更不能吃。所以蟹农遇上这样的僵尸螃蟹一般只能扔掉。"老宋说。

　　"你们看没看过一部讲亚马孙雨林里的'僵尸蚂蚁'的纪录片？"大趸儿突然插话进来，听声音他应该是在十米开外的地方，"那个更有意思。有一种真菌，专门寄生在蚂蚁身上。它先控制蚂蚁的腿，让蚂蚁离开地表的巢穴去流浪。这时蚂蚁还是活的，还有自己的意识。被寄生的蚂蚁会反常地朝着树冠爬，虽然它本性是喜阴的，但这会儿'哥们儿'的脚已经不听话了。等蚂蚁爬到树冠上，就会使劲儿咬住一片向阳的树叶，再也挪不了窝了。蚂蚁肯定是不愿意的，但无奈身体里面都是菌丝，自个儿控制不了自个儿了。"

　　"它就慢慢在那等死吗？"老宋问。

　　"不然还能咋地？"大趸儿说，"这种真菌的真正营养来源是鸟粪。知道它为什么要操纵蚂蚁爬到树冠上吗？便于被鸟类发现啊。鸟吃了蚂蚁，再把鸟屎拉到地上，真菌就发育了。一到晚上，把孢子到处这么一喷，地上那些路过的蚂蚁，不就又变成僵尸蚂蚁了吗？"

　　这种真菌的寄生策略，形成了一个完美的闭环。

顾夕听得有些入神，她想起了自己那个关于"冬虫夏草"的梦。"僵尸螃蟹、僵尸蚂蚁算什么？"顾北问，接着他换了一种口气，似乎是故意想吓唬老宋，"青海这边的瘴鬼更厉害，会附在人身上，把人变成僵尸，让人倒地上吐舌头、说胡话。"

老宋嗔怪道："你这说得也太悬了。"

"那只是本地人的说法。"顾夕走过一个小毡篷，顺手掀开门帘朝里打量，"这什么'瘴鬼'附身，说不定就是光敏性癫痫之类的。"顾北正要接话，这时老宋从他身后紧走两步，上前猛地拉了一把他的袖子。顾北这才想起姐夫周扬也是光敏性癫痫患者，便不再和顾夕争辩。

"可是，为什么这里会有瘴鬼的传说和半夜娶亲的传统呢？"顾夕自言自语，"光敏性癫痫的发病率高得有点反常了。而且从古至今发病率一直都很高。"

小毡篷里空空如也，顾夕又朝前走向另一座较大的蒙古包。她刚一拉开蒙古包的门帘，便闻到里面传出一股密闭空间特有的臭味。

她把门帘搭在一边，走了进去。

乍一进入，似乎跟盲了一样，什么都看不清楚。

等到眼睛适应了微弱的光线，顾夕才发现这座蒙古包里沿墙根摆着一排桌子，桌子上都是瓶瓶罐罐。蒙古包中间是一把木椅子。

不知道为什么，这样的摆设让顾夕心里瘆得慌。

等她走近那把木椅子，不禁一哆嗦：椅背和把手上沾着一些暗色的东西，像是陈年的血迹。两个扶手上还装着用来固定手腕的尼龙套索。椅背和椅子脚上也有，看起来是固定脖子和脚踝的。

鬼使神差地，顾夕朝着墙边的瓶瓶罐罐走去。

她弯下腰，打量着其中的一个玻璃瓶。这是一种像泡菜坛子似的玻璃瓶，但里面泡着的，却是从中间剖开的一匹未足月的小马。小马的外面包裹着切开的半个深红色子宫。

顾夕倒吸了一口凉气。

突然门帘耷拉下来，黑暗瞬间席卷了整个室内。这不期而至的黑暗，让顾夕失声叫了出来。

她像突然失明的人一样，分不清东南西北，什么也看不见。

顾夕凭着记忆往出口跑。却重重地撞在了什么东西上，连人带物地一起跌到了地上。

是那把木头椅子。

恐惧，拽紧了她的心脏。

有那么一瞬间，她以为自己就要死在这里了。

——直到有人一把掀开了门帘。顾夕的双眼又重新看见了光明。

顾北大步走近，把她搀起来。顾夕拽着顾北的胳膊，踉踉跄跄地出了蒙古包。老宋站在门口，拿手撑着门帘，似乎不敢往里看。大疤儿在不远的地方捧着方便面，目瞪口呆地看着顾夕——面条只吸溜到一半。可能他从来没见过一个人脸上有如此惊恐的表情吧。

不知道为什么，当重新站在阳光下的这一刻，顾夕想到了周扬。虽然对刚才的经历心有余悸，她却又隐约感到一丝莫名的慰藉。

她和周扬，是不是因此而多了一次相似的经历？当周扬在强光的刺激下坠入光明的深渊时，她也尝试过在漆黑一片中坠入黑暗的深渊了。

● VDO 21

夜。

大趸儿画外音："老乡，见没见过这个人？"

一个蹲在蒙古包前拿煤球生火的人接过大趸儿的手机，看了看，摇摇头："莫见过。"

顾北往那人手里塞了一条烟："我们见着他进你蒙古包了，是不？"

那人把烟推回给顾北，摆摆手："莫有！"

顾北说："老乡，帮帮忙。人肯定在里头，你这样我们要报警了。"那人停下手里正在点的煤球，站了起来，打量了顾北和大趸儿一番，一言不发地转身走进了蒙古包。黑屏。

刚才的人从蒙古包里出来了，对顾北说："恁个鞭娃中了瘅鬼。夜来晚夕窜到这跟，咬了我的大肚儿母马。今春就要下崽子了，咋个赔？"

"赔，赔。"顾北说着，掏出一叠纸币递到牧民手里。

"瘅鬼医不好的。"那人接过钱，沾着唾沫数了数，转身掀开帘子，让出一人宽的入口。

宿　主

　　　　镜头探向蒙古包内部，在蒙古包的中间放着一把木椅。
木椅上绑着的人，正是周扬。

　　　　周扬的半张脸上，都是血迹。

　　　　他低垂着眼，一串涎液混着新鲜浓烈的血迹，沿着他
的嘴角流了出来，滴落在木椅扶手和他脚下的毡子上。

　　　　录像结束。

　　顾夕站在蒙古包的门口，在她的身后，没有系紧的门帘在狂风
中摇摆不定。

　　"你们三个是不是以前来过这里？"她问。

　　顾北、老宋和大趸儿回避着彼此的眼神，大趸儿更是把头摇得
像拨浪鼓。

　　"你是不是根本就没有打过电话给'国友'老板娘？"顾夕问顾北。

　　顾北默不作声。

　　"那就是说，等到天黑也等不到拖车了？"顾夕继续说，"没人
会来修吉普车，也没人会开 SUV 来接我们。"

　　"你们为什么带我来这儿？"顾夕平复了一下情绪，问道。"你
猜得都对，"顾北说，"怎么猜到的？"

　　老宋在一旁小声说："顾北，这叫女人的直觉。"

　　"你们一直故意把我往这里带，傻子都猜到了。"顾夕说，"老
宋，我真没想到你胆子这么大，敢在车胎上动手脚。给你包扎的时
候我发现你右手虎口的伤不是新伤，而是二次撕裂。我猜是昨晚你

用工具动轮胎的时候伤的。但是我还是不能确定……顾北，老宋是你教坏的吧？你看看她的胳膊，差点就废了！翻车多危险你们心里有数吗？还有，顾北你还知道跟我撒谎了！从你说拖车师傅去喝喜酒，半夜娶亲的是蒙古老乡，我就觉得不对。我也不是第一次来青海！半夜娶亲这个传统不是蒙古族的，是汉族的！"

老宋和顾北无言以对。

顾北低下头，默默朝顾夕伸出右手大拇指。"可是我还是不敢相信……不敢相信你们三个合起伙来骗我。"顾夕说，"最后让我确定这一点的，是大趸儿。"

大趸儿一脸无辜地看着顾夕，指指自己的脸："我？"

"以我对你的了解，如果你没有来过这里——"顾夕说，"你不可能找到用来泡方便面的饮用水的。"

顾北、老宋和大趸儿彻底蔫儿了，垂头丧气地面面相觑。"说吧。"顾夕没好气地说，"你们这闹的是哪出？"

顾夕站在蒙古包的门口，看着顾北、老宋、大趸儿，欲言又止。终于，她把"你们三个是不是以前来过这里？"这句怀疑吞进了肚子里。刚才的一番诘问都是幻觉吗？都只发生在想象里？她觉得脑袋涨得生疼。在她的身后，没有系紧的门帘随着狂风摇摆不定。

肆无忌惮的风，在他们周围穿梭来去，卷起飞沙走石。不知不觉，太阳已经朝着西边落了一大截。阳光不再炙热刺目。

它把本就白色的云、黄色的沙、灰色的蒙古包，全部镀上了一层金色。这片土地有一种神奇的魔力，把她变得不像自己了。她现

宿　主

在头痛欲裂，敏感多疑，甚至分不清时间的流逝、幻觉和真实。石头、青稞、草原、戈壁。所有事物的影子都朝向东边。那金色越发浓郁，影子拖得更长。

德令哈在蒙古语里正是"金色的世界"之意。然而今天，顾夕恐怕没法如期抵达那个金色的世界了。

连同周扬留给她的谜底，这一路总是看似触手可得，却也遥不可及。

终于，顾北突然开口道："姐，难道你真的以为……姐夫是光敏性癫痫那么简单？"

● VDO 22

镜头调试。

夜空中的银河逆时针旋转起来，一颗颗星星划出一条条线。镜头重新对焦完毕。

原来是一张脑部核磁共振的成像图。

一位医生模样的老者拿圆珠笔在成像图上画了个圈，摇摇头说："没有发现器质性病变，暂时确定不了病灶的位置，还得再做进一步检查。"

镜头上下晃动，表示点头。"爸，那这是遗传病吗？"

镜头顺着声音找到一张忧心忡忡的脸，顾夕。

"不排除。"顾父说，"癫痫的成因很多，包括遗传、病毒，甚至是光敏刺激。但也不用太担心。"

顾夕问："那对生活有影响吗？怎么治啊？"她旋即抬头看着镜头，伸出手来，"诶，周扬你别拍了！"

顾父问："老汪，有什么办法吗？小夕他们正打算要孩子……"

原来室内还有一位坐在医生办公桌后面的转椅上的老者。他的头发焗成黑褐色，看起来比顾父年轻些。

老汪说："癫痫说白了，就是大脑里面的神经元异常放电。有的异常放电还伴有肿瘤，或者痫灶，这样的都好办，手术切除就行了。"

他从转椅上站了起来，拿右手食指点了点脑部核磁共振的成像图："怕就怕这种什么都看不出来的。我可以开点药，先试试药物控制？"

顾父有些犹豫："老汪啊……"

老汪看了一眼顾父，沉吟道："周扬得的是光敏性癫痫，如果想根治，也不是没办法，只是解铃还须系铃人。"

顾夕问："什么办法？"

老汪说："导入光敏蛋白表达在神经元细胞膜上，通俗点说就是给神经元装上'开关'。然后通过特定波长和频率的光线照射激活光敏蛋白，发出'关闭'的指令，抑制神经元异常放电，就可以根除癫痫了。"

顾夕有些担心："这安全吗？"

老汪笑了："十年前就已经在大鼠身上试验成功了。不过这手术，协和目前还做不了。如果患者有这个要求，我们都是先登记，大概等到明年就可以在临床上接诊了。"

顾父："小夕，你看呢？"

顾夕："汪伯伯，那请您给周扬登记吧。"录像结束。

这段录像全程都充斥着噪点干扰和间歇黑屏。

夕阳刺得顾夕睁不开眼睛。她的大脑嗡嗡作响。"顾北，你什么意思？"

"这几年他只吃药，不手术，你想过是为什么吗？"顾北说，"你真的以为姐夫是光敏性癫痫？"

顾夕不是没想过为什么周扬不愿意手术治疗。

感情淡了，没有话题了，不想要孩子……顾夕能想出一大堆理由，但此刻她却一个字也说不出口。

"他来冷湖拍求婚视频那次，惹上瘴鬼了。"顾北说，"周扬被附身了，中邪了，他已经不是你认识的那个周扬了。"

顾夕想笑，她不敢相信这话是从顾北嘴里说出来的。可是当她看到老宋和大适儿的表情时，就有点笑不出来了。他们脸上写着复杂的情绪：恐惧、同情、担心、为难——这表情让顾夕几乎要相信顾北的话是真的。

"你可以看看这个。"顾北掏出手机，点开一段视频递给顾夕。是那一次无人机拍到的周扬在求婚中途突然转身跑掉的视频。顾夕把手机还给顾北："这说明不了什么。"

顾北急了，他冲顾夕吼："怎么就跟你说不明白呢？"

大趸儿在一旁欲言又止地说："要不……我这儿还有一段视频……"

顾北和老宋的表情有些异样。

顾夕朝大趸儿伸出摊开的左手："我看看。"

大趸儿手机里的是那段星夜里顾北、老宋、大趸儿三人寻找周扬的视频。

顾夕认出了视频里的蒙古包就是眼前这座；认出了那把带血的椅子；但当她看到坐在椅子上的周扬时，打心里不愿意承认那是他。

她看着半张脸都是血的周扬，觉得那就是一个怪物。怪物低垂着眼，一串涎液混着新鲜浓烈的血迹，沿着他的嘴角流了出来，滴落在顾夕的心坎上，让她止不住战栗。

震惊、恐惧。

如释重负。

一直以来，她所有的疑问似乎都找到了答案。可是，一个答案却又引发了千万个新的疑问。

她从来没有后悔过在青海和周扬的相识。也没有后悔过这次来青海找周扬。

但是她万万没有想到会是这样的结果。

就是这个从戈壁归来的怪物，向自己求婚的吗？

就是这个被瘴鬼附身的怪物，扮演着自己丈夫的角色吗？

他的激情褪去、言不由衷，原来是邪魔入体、身不由己？年复

宿 主

　　一年，冬去春来，她和一个怪物住在同一屋檐下而不自知。她的辗转反侧，她的痛苦难耐，她的隐忍失望，她的歇斯底里，仿佛全都找到了合理的注脚，也都变得毫无意义。

　　她回想起自己这几年和周扬之间的关系，也随着周扬的病情时好时坏。好的时候，周扬还是周扬；坏的时候，周扬就不是周扬了。

　　良久，顾夕问："你们早就知道了？"顾北、老宋和大趸儿一言不发。

　　夕阳悬在戈壁的尽头，即将沉入黄沙之中。

　　顾北说："我们一开始也没信。我要知道他真的中了邪，怎么也得拦着你俩结婚啊。只是这次周扬突然跟我说他要背着你再来一趟青海，我就觉得有点不对劲儿。"

　　大趸儿点点头："谁曾想这世上还真有这么邪门的事儿呢。"老宋一会儿看看这个，一会儿看看那个，不敢说话。

　　"他应该是消失了。不会回来了。"顾北说，"别找了。"周扬消失了。不会回来了。

　　像那些不再退壳和繁殖，被蟹农丢弃在阳光下暴晒的僵尸螃蟹一样；像那些意识尚存，却控制不住自己要背离巢穴爬上阳光普照的树冠的僵尸蚂蚁一样。

　　所有的一切都串在一起，形成了一条令人匪夷所思却又坚不可摧的逻辑链条。

　　周扬向她描述过的，发病时脑子里绽放的千万个明亮的太阳，国道 315 上撞向吉普车挡风玻璃的蝙蝠蛾群，青海当地高得惊人的发病率和关于瘴鬼由来已久的民间传说……一切都扣上了。

顾夕看着没入地平线的夕阳。

它最后金光一闪，戈壁便换了色彩。

眼前的世界不再是金色，而是灰蓝色的了。顾夕看着这个灰蓝色的世界，不禁有些悲哀地想：这片土地上的某种东西，寄生在周扬体内，慢慢把他变成了另一个人。

远远地，从南边射出了两束灯光。那是一辆朝蒙古包疾驰而来的汽车。

戈壁上的颠簸，车头的远光灯也不住地颤动着。她突然感到一阵天旋地转，晕倒在地。

天空像柔软的蓝丝绒，盖在粗砾的灰蓝色戈壁上。"那是拖车师傅的徒弟来接咱们了吧？"

"这车看起来怎么有点不对啊？"

在失去意识之前，她模模糊糊地听到老宋和顾北的对话。

DAY 3　3月31日

你永远见不到此时此刻的太阳。你见到的，是八分钟前的太阳。

因为光从太阳抵达地球，需要八分钟。同样，你永远也见不到此时此刻的宇宙。你见到的，是过去那个古老的宇宙。

宿　主

　　如果不在同时同地仰望，就不可能看到同一片星空——是的，今天的顾夕和昨天的周扬，永远不可能看到同一片星空。

　　然而你却可以轻易地在生活中看到宇宙背景辐射，那些从创始之初就游荡在整个宇宙中的高能射线——这些辐射，我们的电视就能接收到，没有信号时电视屏幕上显示的那些雪花噪点就是宇宙背景辐射。

　　顾夕在颠簸的货车副驾上醒了过来。

　　大货车驾驶室里，电视屏幕上是一片雪花噪点。屏幕映着两个人影，一个是她的，另一个是正在开车的人。

　　她扭头看了一眼身边，不禁吓了一跳。

　　驾驶位上坐着一个浑身臃肿的人——怎么可能不臃肿呢，他穿着一套泛黄的宇航服。

　　"周扬？"顾夕捂着嘴叫了出来。

　　那人没有回答，只是扭过头看了她一眼，黑洞洞的宇航面罩上毫无表情，看得顾夕心里发怵。

　　车窗外，天已经完全黑透了。

　　她四下打量，透过大货车驾驶室和货厢之间的小窗，窥见货厢里躺着三个人。

　　顾夕心里咯噔一下……那应该是顾北、老宋和大趸儿。他们躺在那里，一动不动。

　　前面出现了一座收费站。

　　周扬放慢了车速，大货车浑身吱呀着，徐徐地停靠在收费站前。

顾夕深深地吸了一口气，在大货车完全停稳之前，她用尽浑身力气，一把推开车门，跳了下去。顾夕两脚一落地，便飞奔到收费窗口，拼尽全力大喊："救命！救命！"

收费窗口里根本没有人。

这是条二级公路，收费站早已全部撤掉了。

顾夕回头，看到周扬打开了车门，他也跳下了车，朝收费窗口走过来。

顾夕赶紧去拧收费室的门把手，门锁上了，怎么也拧不开。她想跑，可是这里除了一条笔直的公路就只剩下开阔的戈壁，根本不可能逃脱。

她转身，直视着步步逼近的周扬。

海拔三千米的高原之夜，氧气是如此稀薄。周扬还没有走近，她就已经觉得脖子像被人牢牢掐住了一样。

这时周扬开口了，他的声音是从头盔上的扩音器里传出来的，听起来有些怪：

"跑什么啊，跟见了鬼似的？"

顾夕大口大口地喘着气，止不住地战栗着。她望着那黑洞洞的宇航面罩，半晌，才问出一句：

"你是谁？"

"是我啊。"周扬说。

"你想干什么？"

"我想……"周扬说着，抬起了双手，取下头盔，"在这儿停个车，好把这身衣服脱掉。"脱下头盔的周扬，声音变得正常了。他接着又脱下了身上的宇航服。

顾夕完全没有想到会和周扬在这样的情形下见面。她已经马不停蹄地奔波了好几天，就为了找到周扬——结果却是周扬找到了她。周扬想给顾夕一个拥抱，却被她一把推开。

"你为什么招呼也不打就走了？"顾夕问，"为什么不接我电话？"

"我就知道你会来给我添乱。"周扬笑着，半是责怪，半是宽容。"你把顾北他们怎么了？"

"没事，他们晕过去了，我有办法治好他们。几年前，我和他们仨一起来青海。没想到，他们在这儿中了邪。"

接着，周扬把那次到冷湖录求婚视频的事从头到尾讲了一遍。因为发现了顾北、老宋和大疆儿的异常，他才录到一半转身跑走；而大疆儿录下的那段在蒙古包找到周扬的视频，其实是周扬癫痫发作，被牧民当成"瘴鬼附身"给救了。发作的时候他咬破了自己的腮帮，流了不少血。如果顾夕细心留意过两段视频的时间顺序的话，会发现蒙古包那段视频的录制时间在求婚视频之前。他没有伤害过任何人。

这和之前顾北他们的说法完全相反。"中邪的不止你？"

"也有我。"

顾夕彻底糊涂了。

"我们都中邪了，只是他们三个还没意识到而已。"周扬说，"上车说吧，这儿太冷了。"

顾夕跟着周扬回到车上。大货车继续朝西驶去。"我们这是去哪儿？"

"野马滩。"

"周扬，你说的中邪，到底是什么意思？"

"你可以把这理解为一种寄生虫。"

"那你现在和我说的这些话，你身体里的虫子能听到吗？"

周扬笑了："不是你想的那么回事。我也是这次来青海才终于彻底搞清楚的。"

"那你为什么突然想到要来青海？"

"还记得你在汪伯伯那里帮我做的手术登记吗？"周扬说，"我和他联系了，说我愿意手术。术前检查的时候，他发现不是光敏性癫痫那么简单。"

周扬竟然一声不吭地决定了去做手术。顾夕看着周扬的侧脸，觉得恍如梦境。此时此刻的周扬，就和他们刚认识的时候一样。那中间的几年呢？被周扬口中的"寄生虫"横刀偷走了吗？

"你看。"周扬说。

顾夕朝前看，笔直的沙石路。朝窗外看，无垠的大戈壁。四野寂静，空无一物。不知道周扬让自己看什么。

"这大西北啊，乍一看什么都没有，什么都缺——"周扬说，"就是不缺石油。这种寄生虫，就是从石油里来的。"

这种"虫子"是数百万年前还是数亿年前出现的，没有定论。目前能够知道的是，它们可以存活在石油里。也许最初的时候，它们寄生在史前海洋中的动物和藻类身上。随着这些生物的死亡，尸体中的有机物和海床中的淤泥混合，被埋在厚厚的沉积岩下。数百万年的高温和高压，使得一种黏稠的、深褐色的液体慢慢形成，它就是各种烷烃、环烷烃、芳香烃的混合物——石油。那些巨大的动物和渺小的藻类已经不复存在，然而一种靠消耗烃生长的微生物却顽强地存活下来。"虫子"也就寄生在这种微生物的蛋白中。

我们一直以为生物存在的必要条件是适宜的温度，氧气和水分——然而这些对于"虫子"来说，都无关紧要。它只需要蛋白。能置它于死地的只有真空，因为目前还没有哪种蛋白能在真空中存活——然而即使在真空中，虫子也能够存活数分钟之久。

1958 年，冷湖石油井喷，当时有二十五个工人接触到了最初喷发出来的原油。这种"虫子"立刻告别了它寄居多年的石油蛋白微生物，进入到人体这个更大的"蛋白供应者"体内，寄生在大脑蛛网膜下的大脑灰质以及人体脊柱的脊髓灰质中。

这种"虫子"其实不是虫子，而是一种光敏蛋白。它蛰伏于地下的那几百上千万年间，一直处于休眠状态。而现在，它被激活了。人体中几乎所有的细胞都有更新周期——除了大脑灰质和脊髓灰质中的神经元。所以，这种寄生在灰质中的"虫子"永远是安全的，只要它躲过了会进行细胞更替的那些器官，比如大脑中掌管嗅觉和记忆的海马体，人体器官和组织细胞的新陈代谢就不会危及到它；因为它本身就是一种蛋白，人体蛋白酶也无法识别到它的异常——人体的防御机制在这种虫子面前，完全失灵了。

人类中枢神经系统约含 1000 亿个神经元，仅大脑皮层中就有约 140 亿。也就是说，一旦被"虫子"寄生，那你脑子里可能已经有了上百亿条"虫子"。

人类的中枢神经系统中有大量抑制因子，抑制神经元再生。为了生存下去，"虫子"会麻痹宿主体内的巨噬细胞，刺激星形胶质细胞——前者由小胶质细胞转变而来，通过吞噬作用清除衰老、病变的神经元及其细胞碎片，后者则通过增生繁殖，填补神经元死亡后留下的破损。宿主的神经元细胞每分每秒都在更替和再生，这在普通人体内是不可能发生的。增生过度的结果，是神经元异常放电——也就是医生们所说的"癫痫"。

而几年前，周扬一行人也是在冷湖拍摄求婚视频的时候经过一处废弃油厂，接触到了原油残余物，被"虫子"寄生。

周扬、顾北、老宋、大茓儿，都癫痫发作过。这成了他们四个人心照不宣的秘密。但那时的他们，还没有意识到原来一切都和石油里这种看不见的光敏蛋白寄生生物有关。

这次青海之行，周扬终于解开了谜团。而顾北他们，还依旧蒙在鼓里。

"你是怎么找到我们的？"顾夕问。

"我给手机装了定位啊。你们能通过定位来找我，我就不能通过定位找你们吗？"

"那你是不是也通过控制货车车头灯光，让他们仨癫痫发作晕过去的？"

宿 主

"对。"

"这么说，你已经找到对付'虫子'的办法了？"

"没错，我有一个计划。等到了野马滩你就知道了。"

公元前 5 世纪，生活在西西里岛上的古希腊哲学家恩培多克勒提出世界由火、气、土、水四种元素构成。他还相信人类的眼睛是爱情女神阿佛洛狄忒以这四种元素所造。

女神在人眼中燃起火焰，万物被这种火焰照亮，于是人得以看清我们所置身的世界。他知道夜空中那个黄澄澄的圆形物体是因为反射而发光的；他还知道光线从此地到彼地，只需眨眼工夫，以至于即使有女神阿佛洛狄忒的火焰帮助，我们也不能察觉到光是如何行进的。关于恩培多克勒的传说非常多，在诗人的传唱里，他是个预言家，能够控制风，也曾使一个已经死了三十日之久的女人复活。人们搞不清楚他究竟是行过神迹还只是疯癫，究竟是知晓真理抑或耍了别的把戏。但有一点是确定的，他最后跳进埃特纳火山口，从此杳无音信。

公元 1687 年 7 月 5 日，牛顿发表了科学史上的不朽著作《自然哲学的数学原理》，用数学方法阐明了宇宙中最基本的法则。然而他晚年醉心神学和炼金术，从 1692 年开始，失眠、健忘、消化不良，而且忧郁症一直伴随着他。1727 年牛顿去世，基碑上用拉丁语镌刻着："他以几乎神一般的思维力，最先说明了行星的运动和图像、彗星的轨道和大海的潮汐。"

公元 1881 年 2 月 9 日，俄国作家陀思妥耶夫斯基准备写作《卡拉马佐夫兄弟》第二部。他的笔筒掉到地上，滚到柜子底下。在搬动柜子的过程中，他用力过大，导致血管破裂，当天去世。他一生写下了无数伟大的作品:《穷人》《被侮辱与被损害的人》《死屋手记》《地下室手记》《赌徒》《罪与罚》《白痴》《群魔》《卡拉马佐夫兄弟》……"所有的一切，都是一场虚幻"，他在《白痴》里这样写道。

　　与陀思妥耶夫斯基几乎同时代的英国作家刘易斯·卡罗尔，原本是一位牛津大学的数学讲师。他从一个小女孩坠入兔子洞开始，编出了被全世界解读了一百多年依旧藏满了秘密的作品《爱丽丝漫游奇境记》。故事里有一只渡渡鸟，据说是以口吃、失聪、多病的卡罗尔本人为原型。1898 年 1 月 14 日，卡罗尔因为肺炎去世。

　　1890 年 5 月 17 日，文森特·凡·高来到巴黎见他在书信里称呼为"亲爱的提奥"的弟弟，以及刚出生的侄子文森特。在前一年，凡·高创作出了《星空》，他用无比奇特的旋涡状笔触勾勒出了大地与星辰、树木与村庄、山谷与教堂。黛蓝色的星空中，太阳系所有的恒星与行星旋转着、闪烁着，等待着"最后的审判"；在这之后的 7 月 27 日下午，凡·高走进麦田，开枪自杀。子弹穿过了他的脊柱。第二天早上，在提奥的看护中，他安静地离开了人世。

　　以上这些人来自哲学、科学、文学、艺术各个领域，他们生活于人类文明的各个时代。有的选择了自杀，有的活到了耄耋之年，有的却又死于疾病或者意外。

　　但他们都有一个共同点:他们都是光敏性癫痫患者。

　　恩培多克勒患有"圣病"，那是一种对"癫痫"的委婉说法；

牛顿的癫痫比较神秘，在他死后，科学家们依旧众说纷纭；陀思妥耶夫斯基一生所著的书中有三十多个人物都患有癫痫，因为他自己就长期饱受癫痫困扰；刘易斯·卡罗尔在他的日记上记录了癫痫发作的种种感受，正是因为亲身经历过，他才能写出掉进兔子洞的故事；而文森特·凡·高，这位"癫痫画家"的故事已经广为人知。

在这背后，是寄生虫对宿主的利他主义。那种来自数百万年甚至上亿年前的光敏蛋白，让人向往刺目的光明，并且获得了一种能够洞悉宇宙秘密的洞察力。无论是火山口之于恩培多克勒，还是光的原理之于牛顿，抑或是明媚的法国南部之于能以人类之眼目睹宇宙"紊流"的凡·高。

在人类癫痫的历史中，我们还可以列出一串长长的名单，包括恺撒大帝、亚历山大大帝、彼得大帝、苏格拉底、达·芬奇、但丁、莫泊桑、狄更斯、拜伦、贝多芬、肖邦、柴可夫斯基、林肯、海明威、帕斯卡、诺贝尔……

从帝王到艺术家，从诗人到作曲家，从作家到科学家……在这些之中，有多少人是光敏性癫痫？其中，又有多少人只是被误诊为癫痫，实则是被"虫子"寄生而获得了非同常人的能力？

清晨时分，野马滩到了。

顾夕能从宽大的车前窗看到远远的前方有一排灰色平房，平房上方是一个巨大的白色圆球，好似她结婚当天的布景。车行的道路是泥路，两旁是疯长的野草，虽然已到三月的尾声，积雪却还没有化，白皑皑的雪地映着白皑皑的天文台。

她不知道，野马滩气候干燥，水汽含量低，是亚洲最好的毫米波射电天文观测站址——而那个让她颇有好感的白色圆球里，是中国唯一一台毫米波段的射电天文望远镜。它是一只窥探宇宙的眼睛，可不是什么新娘。

她亦不知道，冷湖是亚洲日照最多的地方，在全世界仅次于撒哈拉沙漠和安第斯山。在这片土地上，刺目的光亮和宇宙星辰的秘密，对被光敏蛋白寄生的宿主有着致命的吸引力。

也许冥冥之中，周扬就这样来到了青海。

也在冥冥之中，他解开了自己身上光敏性癫痫的真相。

没来由的，顾夕想起了一则笑话。一个妻子忧心忡忡地在日记中写下心事，她察觉到丈夫当天有些异样，精神不振，唉声叹气，早早就躺在了床上，双眼无神，仿佛失去了生活的信念。妻子非常担心，她仔细地回忆了两个人的相处，从当天回忆到当月，再回忆到当年……然后追溯到两人刚相识的时候。妻子越想越觉得伤心委屈，觉得丈夫一定有事瞒着自己。而躺在她身边的丈夫呢，对这位正在记日记的妻子的所有担忧毫不知情，他心里只有一个念头：唉，今晚点球大战输掉的那个球真是太可惜了！

周扬对自己的不辞而别没有解释、没有道歉——他大概觉得这都犯不着吧。而顾夕呢，她在这几天跌宕起伏、百转千回的心路历程，只能暂时先搁在肚子里了。

宿 主

货车停在了天文台那排灰色平房跟前。顾夕问："顾北他们怎么办？"

周扬说："他们可能一会儿就能醒。我不拔车钥匙，开着暖气，他们冻不着。"

他俩打开车门，跳下了车。泥路边的积雪细碎而脏，荒草深处则洁白无瑕。他们的脚步惊起两只灰羽的小鸟。它们短促地叫了一声，朝着鱼肚白的东边飞去。

周扬领着顾夕进入灰色建筑，里面有一个大学生模样的人在值班。看周扬管那人叫"小李"的样子，顾夕猜到周扬应该在之前来这儿的时候就和大学生打过交道了。

"我们徐站说了，您把波段告诉我，我来配合工作。"小李态度极好。在他身后的墙上挂着一张图表，密密麻麻画满了小方格，那代表对银河各个天区的观测进度。目前已经完成一多半了。

白色圆球其实直径有二十多米，是个天线罩。圆球里面就是13.7米的微波射电望远镜。为了绘制出一幅完整的银河结构图，紫金山天文台一直在给这台望远镜加装其他频率的波束接收机。周扬此行的目的，就是要借用这只"眼睛"，寻找冷湖上空某种肉眼看不见的光波辐射。

不知道周扬使了什么法子，居然可以调用这台天文望远镜。当然，绘制银河的工作只能晚上进行，况且目前这台改造过的天文望远镜可以同时监测九种频率的光波辐射，周扬只需要天文望远镜在一个特定频率上监测十分钟。

"你怎么确定冷湖上空就一定有这个频段的光波辐射？"顾夕问。

"我不确定。"周扬小声说着，朝顾夕挤了挤眼。"频率多少？"小李走到操作台前，问道。

周扬掏出一张字条递给小李。

小李接过字条看了看，操作起仪器来。

房间里静得只剩下扩音器里传出来的白噪声。

周扬似乎有些紧张地等待着结果；顾夕不知道他葫芦里卖的什么药，便在值班室里找了把椅子坐下来。

她一落座，眼前桌子上的一摊资料表格立刻映入了她眼帘。表格上一行行清晰的数字让她一个激灵，似乎想到了什么。

那是一堆记录太阳系行星运行周期的表格。其中一张是火星的运行数据，记录了从 1899—2018 年每一年的近日点、远日点，以及和地球的距离。

这时扩音器里突然传来一段有规律的谐振声。"找到了！"小李喊道。被他声音里的激动所感染，顾夕连忙站了起来。值班室里毫无变化，除了那段突然出现了几秒钟的声音之外，看不出有什么值得激动的事情发生了。

"冷湖上空果然有一段异常光波辐射！"小李调大了扩音器的音量，刚才那种规律的谐振声再次响了起来，从蝴蝶振翅般的轻微连续的"噗噗"，变为了掷地有声的"咚咚"。

"光波辐射不是用来看的吗？怎么还有声音啊？"周扬问。

小李顾不上解释，一把抓起值班电话，打给徐站长，报告了这个发现。过了一会儿,电话铃声响了,他接起来,不是徐站长,是中科院紫金山天文台。

紫金山天文台指示小李把刚才截获的那段异常光波辐射的数据发到南京做进一步分析。

顾夕走到周扬身边,指了指小李放在操作台上的字条:"谁给你的?"

"汪伯伯。"

"汪伯伯?"

"猜不到吧?"周扬说,"我不是去协和做癫痫手术的术前检查吗?汪伯伯发现我的神经元增生就是这种光敏蛋白引起的。他推测这种光敏蛋白是一种寄生生物。他记下了这种蛋白内部的微波频率。我猜,这种光敏蛋白既然能在富含石油的地方大量存活,应该也会在油田周围产生同样频率的光波辐射……"

顾夕打断了周扬的话:"可这跟治好你们的病有什么关系?"

"汪伯伯说过的话,你忘了吗?"

"哪句?"

"解铃还须系铃人。"周扬说,"这种光波辐射,就好像是'虫子'的思维或者灵魂。知道它们想什么,我们才能写出'关闭'它们运行的代码。我一开始还没有想到这招,等我到了冷湖'国友'招待所住下的第二天,这个主意一下子出现在了我脑海里……"

"你不会是在拉屎的时候想的吧?"顾夕恍然大悟。

"你怎么知道?"

"你是不是想到之后,还伸手在马桶对面的镜子上写下了

'bye'？然后你连夜开车来了德令哈的天文台。但是因为微波射电望远镜晚上要工作，只能对准星空观测银河，所以你当天铩羽而归。一回去你就紧锣密鼓地收拾了行李，喊醒老板娘退了房，还把手机落房间里了，对吧？"

"你开天眼了吗？仿佛就在现场！"周扬唏嘘不已。

"那你好好退房呗，穿着宇航服干嘛啊？把老板娘吓得半死。"

"我这不是安全第一吗？要是我的推测正确，那整个柴达木盆地上空可能都充满了'虫子'发出的异常光波辐射。你想想，柴达木盆地的石油储备可是好几亿吨！那'虫子'的数量不就……"

"周扬——"顾夕摸摸周扬的额头，"你没发烧吧？那是拍电影用的道具服。真有什么光波辐射，根本防不住。再说了，你不是早就被'虫子'感染了吗？'虫子'都住你脑子里了，你还怕'虫子'的灵魂污染你纯洁的精神吗？"

这时值班室的电话铃声又响了。

小李接起来，一连串的"哦，哦，哦……好，好，好……是，是，是"。

他挂断电话，脸上还是抑制不住的兴奋："紫金山天文台的六个观测站都观测到了这个频段的异常光波辐射！江苏盱眙天体力学观测站、江苏赣榆太阳观测站、黑龙江洪河观测站、山东青岛观象台、云南姚安观测站，全都收到了。现在六个站之间要共享一下信息，互相比对。"

"另外五个地方，有大油田吗？"周扬连忙问。小李一脸茫然地看着他，摇了摇头。

周扬百思不得其解："我觉得有什么不对劲……'虫子'的光波，怎么到处都是。不仅仅是在青海，其他地方也出现了。"

这时门外突然响了一阵尖利的汽车喇叭声。

顾夕三步并作两步扑到门边，打开门一看，大货车正在倒车。顾北坐在驾驶座上，老宋和大疍儿挤在旁边的副驾里，大疍儿的脸都给挤得贴到车窗上去了。大货车车头下方像是躺着一个人，仔细一看，是周扬之前脱下来放在驾驶位上的那身宇航服。一定是被顾北给扔地上了。

"完了，周扬！你没拔钥匙！"

顾夕和周扬对看了一眼，飞奔出了值班室。

顾北一边倒车，一边伸出脑袋来冲着顾夕喊："上车！快上车！"顾夕跑到泥路上，猛一回头，看到周扬正站在灰色平房的门口。

她再转身，顾北他们一行人已经调转了车头，正把大货车停在前方等着她。

车喇叭一个劲地响着。

"顾北！顾北！"顾夕跑向大货车，一边跑一边喊，"你听我说！周扬找到办法了！他找到救你们的办法了！"

周扬也追了出来。

顾北看到周扬，就好像见了鬼似的，他松开手刹，踩下油门，大货车碾过那身宇航服，背离天文站的方向，朝东开去。

大货车后视镜里，顾夕一边跑一边喊着什么。很快，就只剩下一个小小的人影和呼呼的风声了。

车上，老宋轻声说："顾北，那是你姐啊。"

顾北脸色阴沉，眼泪却夺眶而出，他咬着嘴唇说："她已经被感染了。"

事情到此，就是一个罗生门。

每个人看到的真相，都只是盲人摸象。

即使爱情女神阿佛洛狄忒在人眼中燃起火焰，照亮万物，世人还是难以看清我们所置身的世界。

古希腊哲学家所设想的"火焰"，其实就是一种光波。光波本身就是从原子、分子内辐射出的高频电磁波，它构成了世界，也充满了宇宙。

而生命，则是绽放在宇宙某个不知名角落里的惊喜。这一次，这个不知名的角落有一个名字。

不是地球，而是火星。

很难说清这种光敏蛋白到底是火星上曾经有过的文明生物的一部分，还是它本身就是一个独立的生命体。

如果是前者，那么也许就像美洲人比哥伦布更早到过欧洲一样，我们以为贫瘠荒芜的火星，其实曾经孕育出过文明。火星文明发展到某一天，火星生物造访了地球。他们在经过地球大气层时坠毁，如同几十亿年来试图造访地球表面的那些彗星和陨石。火星生物基因的碎片进入地球原始的海洋，在那里，它们融入了古生菌、真菌和藻类中。基因中的光敏蛋白因为能够应答光信号而产生光合作用、能量储藏和生长作用，被选择性地保留了下来，科学家们将之命名为"视蛋白I"。

这些原始的生命形态在海洋中演变得日渐复杂，接着它们走上陆地，进化出了各种形态。光敏蛋白分布在脊椎动物的视网膜、脑、睾丸和皮肤中，让人能够感知光线，科学家们将之命名为"视蛋白II"。女神阿佛洛狄忒在人眼中燃起火焰，照亮万物，其实只是让生物体中的光敏蛋白感知到宇宙中某个波段的光波。

上帝说要有光。而火星生命给地球带来了光敏蛋白。他们的基因碎片融入地球生命——甚至人类的血脉里，也流淌着来自夜空中那颗红色星星的血液。

如果是后者，那么它们更像一群浪迹在太阳系的蝗虫。如同《星空》中来自太阳系的审判一样，闪烁着和流动着，宇宙的那些"光"里，就穿梭着这样的寄生生物。

宇宙是一个巨大的电磁场，只要光源在这个电磁场中振动，立刻就能被充满宇宙的电磁辐射加速到30万公里每秒。这就是它们在星际间旅行的秘密。脱离蛋白质寄主，它们可以在真空中存活数分钟之久。然后它们抵达一个行星，俯冲而下，四处寻找。一旦这个星球上存在蛋白质，那么它们的寄生生活就开始了。

很难说清它们到底是什么时候抵达火星的，并且发现这里的地层之下含有水和蛋白质的——谁知道呢，也许它们本来就来自火星。

顾夕从那些癫痫病人身上发现了一个秘密：

癫痫并没有阻止伟大的牛顿发现万有引力，除此之外，在1703

年他还完成了集大成的《光学》一作，并于次年发表；

陀思妥耶夫斯基 9 岁第一次癫痫发作，在 1868 年完成了以拿破仑和沙俄卫国战争为背景的《白痴》，拿破仑本人也是一位癫痫患者；

刘易斯·卡罗尔的第一本日记是从 1853 年开始的，然而这本日记在他死后却失踪了；

文森特·凡·高 1880 年春游奎姆，住在当地一户矿工家中，他突然开始走上了绘画创作的道路，也许就是在那里他遭到了"虫子"感染；而他的身体也从 1883 年开始每况愈下。1883 年是凡·高画作的一个分界点。

冷湖地中四井井喷那一年，是 1958 年；海子前往西藏途经青海是 1988 年；而现在，是 2018 年。

"今年两者距离仅为 5760 万公里，是 15 年来最近的一次。火星和地球每 15 年靠近一次，最远时相距 4 亿公里……"大货车上的电视屏幕中，主持人正在和嘉宾聊着什么。接着画面变得扭曲。信号消失了，只剩下雪花噪点。

现在我们知道，那是宇宙背景光波辐射的证明。

顾北按熄了电视开关，一个急刹车停在了荒无人烟的公路上。他沉吟片刻，调转车头，一路向着野马滩方向而去。

"火星和地球每 15 年靠近一次，最远时相距 4 亿公里。当地球和火星运行到各自轨道的远端时，从地球到火星即使以光速飞行，也需要近 4 个小时；而今年两者距离最近，仅需 192 秒，不到 4 分钟。"

宿　主

顾夕回想起在吉普车的电台里收听到的内容。

1703，1853，1868，1883，1958，1988，2018……它们之间相差的年份，正好都是 15 的整数倍。

她对照着那张记录了从 1899—2018 年火星运行轨迹的表格，发现这些年份都正好是火星距离地球最近的年份。

不到 4 分钟，对于那些可以在真空中存活数分钟的寄生生物来说，足够了。它们就像亚马孙雨林树冠上，从僵尸蚂蚁头顶菌丝喷射出的孢子，从火星飞向地球。不过这种"孢子"拥有宇宙间其他寄生生物无法比拟的速度：每秒 30 万公里。

天文台监测到的，是它们进入地球大气时发出的切伦科夫辐射。数以亿计的孢子以高能粒子的形态穿越地球大气，没有损耗掉的那些，则开始在陆地和海洋中寻找理想的宿主。

充满生命的地球就像一颗诱人的培养皿，培养着供这些生物寄生的蛋白质。

每隔 15 年，一次轮回。

周扬在天文台值班室一台没有连接外网的电脑上，噼里啪啦地编写着一段指令。

终止一个计次循环，是他写过无数遍的代码。他的代码总是很简洁，设置条件为真时可以从任何一个语句后面直接退出循环。只是在搞清楚真相之前，他不知道设置什么条件为"真"。现在，他要做的就是把这个"真"藏在代码里。

顾夕看着正在专注编写代码的周扬，脑海里回想起汪伯伯的话："导入光敏蛋白表达在神经元细胞膜上，通俗点说就是给神经元装上'开关'。然后通过特定波长和频率的光线照射激活光敏蛋白，发出'关闭'的指令，抑制神经元异常放电，就能根除癫痫了。"

解铃还须系铃人。

周扬需要一个故事，一个讲起来可信的故事，能够骗过"虫子"，让它们读取这段指令，运行代码。然后自动关闭。

一旦关闭，这些光敏蛋白将进入休眠，成为人类身体里的一段垃圾基因。我们身体里有如此之多的垃圾基因，有的来自上古病毒，有的来自未知历史，有的人们甚至对它们的由来一无所知。至少这一次，我们知道这段垃圾基因来自火星。

语句 1

如果真（坠毁）跳出循环语句 2

如果真（能源）跳出循环语句 3

如果真（救援）跳出循环语句 4

如果真（火星）跳出循环

……

只要使用特定的光波照射，"虫子"们就会开始运行这条代码。当它们迷失在似曾相识的故事里，"火星"这个条件就会突然跳出来。

判断为真。跳出循环。

Game Over。

周扬现在已经知道了光波频率和代码指令，万事俱备。他扭头看了一眼顾夕。

宿　主

　　顾夕正抱着双臂站在值班室的窗户边，看着外面空荡荡的泥路。泥路延伸向遥远的天边，野草在风中摇曳。

　　她只是想来寻找突然失踪的丈夫，没想到却翻出了宇宙洪荒中的一个秘密。

　　周扬走到顾夕身边，轻声说："都弄好了。"

　　顾夕回过头来，她故作轻松地问："人家天文台可是国家单位，凭什么相信你一个程序员啊？"

　　周扬笑笑，不置可否。

　　以字条上写的同样的频率，发射他写的这段代码，这段光波辐射会从中国青海的德令哈，穿过大气层，射向宇宙深处。在光波所及之处，"虫子"都会纷纷进入休眠。

　　"接下米怎么办？"顾夕问。"接下来，"周扬说，"回家。"顾夕看了看周扬，笑了。

　　作为一个有知识、有文化的已婚妇女，她才不关心什么百战天虫、宇宙奥义。

　　她来青海找丈夫，丈夫找到了。现在，是该一起回家了。

DAY 4　4月1日

● VDO 23

赤红色的天空。

周扬坐在镜头左侧，这次的视角应该是顾夕的。

他们一人穿着一身臃肿的宇航服，一起坐在绵延到天边的戈壁上，远远近近那些形状各异的风蚀岩宛若出自某位疯神之手。

这是世界的尽头。也是冷酷的仙境。

顾夕低下头，看到自己戴着手套的双手。

她端详着这双手，觉得是那么陌生，仿佛那不是她的。周扬牵起顾夕的手，放进自己手心里。

世界倾斜了、碎裂了。

顾夕突然觉得宇航服的面罩上破开了一条缝，氧气急速地外泄。很快，一种窒息感让她失去了知觉。

● VDO 24

天空像柔软的蓝丝绒，盖在粗砾的灰蓝色戈壁上。

在如瀑的星光下，天文台的灰色平房和白色天线罩静默着。

突然，天文台的值班室里响起刺耳的警铃声。

小李从平房里跑了出来，一边朝着站在雪地里的顾夕挥手："快跑！"

小李一脸错愕地从顾夕身边跑过，他不明白她还愣在那里干嘛——他用尽吃奶的力气顺着泥路往东跑去。

顾夕看到周扬走出天文台值班室的门，沿着泥路朝自己走来。

皑皑白雪和蓬乱的野草仿佛在夹道欢迎。

周扬身后，是那个夜幕下反射着月光和星辉的白色圆球。顾夕站在雪地里，一动不动。

刺耳的警铃声中，她像个等待骑士的公主一样，等待着周扬朝自己走来。

报警器的响声渐渐变成了心电监控的嘀嘀声。

顾夕在铺着淡蓝色床单的病床上醒了过来。她睁眼看看窗外，夕阳正悬垂在远方的天际线上，从摩天大楼的背后照射出金色的光芒，勾勒出大厦高低起伏的轮廓。收音机里传来断断续续的声音："北京市启动重污染蓝色预警，明日空气有望好转；美国各界批评特朗普对华贸易保护措施；俄就'毒杀双面间谍案'向英法连发24问；菲律宾一载人汽车坠入10米山崖，致中国乘客一死三伤……"

顾夕抬起头，看着灰白色的天花板。天花板上有一块青灰色的印渍晕染开，形状像只小狗。

她听到床畔传来老宋和大冠儿的声音，两人似乎在讨论着一会儿上哪儿吃饭的事。顾夕扭头，瞄了一眼坐在椅子上正专心玩手机的顾北。她的大脑慢慢活了过来，眼前的一切终于变成了某种可以被理解的事实——六天前，顾夕的丈夫周扬失踪了。顾夕去了一趟青海，找到了周扬。

一切都像一场梦境。

然而她还是自己回来了。

周扬消失了，不见了，在大西北的那片戈壁上人间蒸发了。

当顾北、老宋和大趸儿开着大货车回来找她时，在路上遇到了小李。按照小李的说法，周扬擅自把一段自己写的代码，以仪器几乎无法承受的大功率朝着宇宙深处发射了出去。这个举动触发了天文台值班室里的报警器。超剂量的异常光波辐射，带着周扬用密码写成的某种指令，拔地而起，射向夜空。直到七分钟后，天文台自动断电。等光波辐射过去之后，他们一起回到了野马滩的天文站。在漆黑一片的值班室里只找到了一个装在宇航服里、昏迷不醒的顾夕。周扬早已不知去向。

对顾夕来说，唯一合理的解释就是——她猜错了"虫子"真正的寄生策略。

还记得亚马孙雨林里的僵尸蚂蚁吗？爬上树冠并没有完成一次循环，而必须咬住一片向阳的树叶，等待鸟类捕食。鸟吃了蚂蚁，真菌随着鸟类粪便落到林地上，发育、成熟、繁殖，在夜间喷洒孢子，再次寄生到蚂蚁身上，开启新的循环……

人类只是蚂蚁，"虫子"的真正目的，是让人类爬上高高的树冠，暴露在向阳的树叶上，便于被捕食者发现。当那束光波从地球射向宇宙深处，其中的代码已经不再重要了。重要的是，任何一个"捕食者"都能从那束光波追踪到地球的实际坐标。捕食者掠食地球，然后离去，"虫子"的孢子就被散布到了各个行星系。在路途中，它需要地球生物充当"蛋白质宿主"供给它养分；而一旦发现合适的行星，它们便在真空的宇宙中被电磁场加速到光速，降落在那些有生命的星球上。

这才是一个完美的闭环。

如果不是这样，它们永远都无法离开太阳系。

"虫子"的企图，并非每隔 15 年向地球喷发一次孢子，而是静静地等待这个星球上的生物发展出文明。

它让他们向往光明，向往星空，向往宇宙的秘密。它们来到地球，蛰伏在进化的必经之路上，等待了几百万年，终于，这一天来了。

宿主把带有地球坐标的信息发射向宇宙，接下来，"虫子"就只需要静静地等待鸟类捕食者的来临。

而这一切和周扬有什么关系呢？

周扬或许有意无意地为"虫子"完成了这样一个完美的闭环。在德令哈的天文台，他曾答应过要和顾夕一起回家。

他没有做到，唯一的解释就是，他的家不在这里，不在地球上。

那些带有噪点的画面，不是视频，而是周扬眼中的世界，是他在地球上和顾夕一起生活的记忆。

在光敏蛋白无法寄居的海马体，他把对顾夕的记忆点点滴滴都保留在那里。

Bye。

DAY 4　4月1日及后来

报警器的响声渐渐变成了心电监控的嘀嘀声。

顾夕在铺着淡蓝色床单的病床上醒了过来。她睁眼看看窗外，夕阳正悬垂在远方的天际线上，从摩天大楼的背后照射出金色的光芒，勾勒出大厦高低起伏的轮廓。收音机里传来断断续续的声音："北京市启动重污染蓝色预警，明日空气有望好转；美国各界批评特朗普对华贸易保护措施；俄就'毒杀双面间谍案'向英法连发24问；菲律宾一载人汽车坠入10米山崖，致中国乘客一死三伤……"

顾夕抬起头，看着灰白色的天花板。天花板上有一块青灰色的印渍晕染开，形状像只小狗。

她听到床畔传来老宋和大昆儿的声音，两人似乎在讨论着一会儿上哪儿吃饭的事。顾夕扭头，瞄了一眼坐在椅子上正专心玩手机的顾北。她的大脑慢慢活了过来，眼前的一切终于变成了某种可以被理解的事实——六天前，顾夕的丈夫周扬失踪了。顾夕去了一趟青海，找到了周扬。

一切都像一场梦境。

"周扬呢？"顾夕虚弱地问。

顾北见她醒了，赶紧收起手机。老宋和大昆儿也围了过来。顾夕眼角的余光瞥见密密麻麻的人影晃动着朝病床靠近。

"想喝水吗，姐？"老宋麻利地拧开一瓶矿泉水。

顾夕摆摆手。她努力要从围拢过来的人群中寻找出周扬的面孔。"你可醒了。"顾北的下巴上有青色的胡茬冒出来，"你都已经昏迷两天两夜了。"

"手机……"顾夕连忙说，"我今天有课呢……得给学院领导打个电话。"

"今天4月1日，星期天。"顾北说，"你从30日晚上一直昏迷到现在。刚醒就这么着急忙慌的，能不能好好躺着别动？"

老宋和大趸儿也连连点头。

"4月1日？"顾夕有点生气，"你骗谁呢顾北……你真当是愚人节啊？"

这时人群中有一个声音说："顾北说的没错，小夕。"

顾夕听见父亲的声音，转动眼睛，从人群中找到了父亲的脸。"爸……"顾夕有些哽咽地叫了一声。

"好好休息吧。"顾父紧紧地拉住顾夕的手，"你3月30日晚上在冷湖镇往西50公里处的戈壁上晕过去了。是小北他们连夜把你送回北京的。"

顾夕不敢相信："我已经……昏睡了两天？"

顾父点点头，用宽大的手掌包住顾夕的手，拍了拍，不再说话。

那周扬呢？

在青海和周扬的最后一次相遇，难道是幻觉吗？

如果从30日晚上起就陷入昏迷，那31日和1日的记忆本该是断片儿了……但顾夕却清晰地记得周扬，记得野马滩，记得那座仰望银河的天文台，记得那个白色圆球，像极了她婚礼那天的布景……她记得芨芨野草和皑皑白雪，记得草丛中飞出的鸟儿身上灰白的羽翼，记得周扬牵起她的手，对她说"回家"。

"12 号床加液体了。"护士走了进来，拿出配置好的针管，"12号床，姓名顾夕？"

顾夕怔怔地，没有回答。护士又问了一次，顾父替她答道："是。"护士翻了翻输液记录，核对了药瓶上的标签，往顾夕床头的吊瓶里注入了三管药水。她伸手弹了弹输液管说："孕 8 周，注意静养啊。"顾夕恍惚间回过神来。

她没有露出吃惊的表情。她的那一场大梦，终于因为有了新的羁绊，如梦初醒。

顾夕很快出院了。

她独自回到家，家里处处都有周扬生活过的气息。但周扬已经不住在这里了。

她度过了一段悲伤寂寞的时光，直到有一天，当她放了满满一盆洗澡水，走进浴室，突然一怔。

浴室的镜子上，是一个手写的词：

go on

看起来像是曾经有人用手指在镜面上一笔一画、反复写下的。

宿 主

顾夕伸手去触碰那行字迹。隔着玻璃，她的手指和镜中的手指，却永远无法贴在一起。

在那之后，她又去了一次曾经跟周扬一起吃饭的那家餐厅。这一次，靠玻璃幕墙的餐桌旁，只坐了顾夕一个人。

玻璃幕墙外，华灯初上，银河 SOHO 流光溢彩。服务生端上来一道菜，XO 酱烩海鱼。

顾夕用刀切开鱼头与鱼身，把鱼头放进自己的盘子。

她拿叉子去拨弄面前盘子里的鱼头，有些索然无味。

张开的鱼嘴里，一只被炸得焦黄的甲虫似的怪虫似乎正盯着她看。那鱼已经没有了舌头，这只怪虫就是它的舌头。

顾夕心里泛起一阵恶心，突然捂住嘴，转身跑向了卫生间。她撞开卫生间的门，趴在马桶上呕了起来。接着，她按下马桶的冲水按钮，扶着厕所隔间的墙站起来，打开门，走到洗手台前，两手支在黑白大理石台面上，看着镜子里的自己。

顾夕伸出左手理了理头发，然后抬起右手，放在了腹部。

在青海的时候，她竟然没有意识到自己身体里孕育着一个新的生命。

冥冥之中，这是老天的安排。按照产检医生的说法，胎儿也是一种寄生生物，吸食母体的营养，直到呱呱坠地的那一刻。

顾夕转身走出了洗手间。

她重新坐回了餐桌前，抬起头，看向窗外。

餐厅内的大红灯笼映照在玻璃上，显现出天上同时悬着三个红色巨星的奇观。

顾夕看着天空中并不存在的火星，泪水慢慢模糊了眼睛。她心里释然了。

周扬离开了，她找过了。他没有再回到她的生活，而她必须 go on 下去。

"看，周扬！"她曾指着窗户上的幻景对周扬说，"火星！"

"我就是打那儿来的。"当时，周扬是这么回答的。

就像地球和火星。在相距最近的那一刻之后，又开始渐渐远离。终于，在这一刻，她原谅了周扬，也原谅了自己。

> 就这样轻易　因为你
>
> 我也能试着　写一首歌给你听是关于你
>
> 没什么准备　一张琴
>
> 合着这声音　我只是想告诉你我爱着你
>
> 也许有一天我们　终究会面对分离
>
> 也许有一天我们　会在老地方相遇
>
> ——郭顶《想着你》

忘忧草 / 阿 缺

这个沉默又快乐的半尸很快进入沉睡，连胸膛都不起伏。他的手捂着口袋，口袋里是一个女孩的照片。

上篇

一

　　一进办公室，金宁看到桌上多了个橙子——饱满、金灿灿，颜色跟窗外升起的晨曦一样。它静静地摆在电脑、笔和一堆设计图纸之间。晨光照在上面，格外亮，有那么一瞬间，她错以为是谁把尚未成熟的朝阳摘了下来。

　　"谁给的橙子啊？"她过去坐下，看到邻座的美工赵平也有一个。

　　赵平把那个同样饱满的橙子扔进了垃圾桶，朝办公厅西北角撇撇嘴，说："喏，新来的家伙给的，每人一个。"

　　顺着他的目光看去，金宁看到了那个套在西装里的新同事——只能看到背影，又瘦又高，撑不起西装，看起来松垮垮的；头顶有些开裂，一丛扁长的草叶从他脑袋裂口里伸出，看起来像是旧世界曾流行过的嚣张发型。

绿叶间还有一朵微黄的花朵，但隔得远，加上草叶遮蔽，一时看不清是什么花。

"咦，"金宁一愣，"新来的怎么是个丧——是个半尸？"后半句话，她是压低了声音说的。

赵平摇头："可能是搜救队又从哪里找到的吧，据说恢复得不错，是四级治愈者，就派来办公室了。"

"四级？"金宁咋舌，"那很难得啊。"

"呵，"赵平冷笑了声，"评级再高，也还是丧尸，不知道以前咬死过多少人。"说着，看了眼金宁桌上的橙子，"丧尸给的，你也敢吃？"

金宁当然不敢，把橙子扔掉了，又看了眼远处的背影。

新同事提着一袋橙子，正弯腰给其他人发。但即使隔得再远，金宁都能看到同事们不情愿地接过，转手也都扔了。有些脾气直的，甚至直接打开他的手，橙子在地板上滚动。他却像感受不到这些厌恶似的，把掉了的橙子捡起来，又从袋子里拿出新的发给其他人。

整个办公室有二十来人，他发完后，就回到自己的工位。高高的电脑屏幕遮住他，只能看到一丛绿草伸出来。

这一整天，办公室的氛围都怪怪的。平常还有窸窣的闲聊声从各处传出，但今天除了敲键盘，一片安静。所有人都默默干活，生怕打扰了角落里的某个人——或者说，某具尸体。

因此，当那阵笑声响起时，就格外刺耳。

金宁有些错愕，抬起头，发现笑声是从西北边那个角落那个工位传来的——每次响起，屏幕后那丛草叶就抖一抖。

金宁在电脑上给赵平发消息："那家伙在干嘛？"

赵平回道："我问问。"

"好的。"

对话框沉默了，信息正在局域网的线路间流通，流向离西北角最近的同事眼前。过了几分钟，赵平发来了结果："他在看搞笑电影，好像是周星驰的！"

"这么过分？第一天来就摸鱼？"

"还反了天了！我来投诉他。"

"不用吧，说不定他是还没适应人类的工作环境。"

"等他适应了还得了？"

赵平没再回复，但敲字的声音骤然加重，显然正在愤怒地写投诉报告。

金宁理解他的愤怒：他儿子就是在几年前的丧疫中被咬死的，虽然那是埃博拉病毒的驱使，但他一直耿耿于怀；哪怕现在"彼岸花"试剂消灭了病毒，让丧尸们得以从死亡的那一岸回渡，重获生机，他也没有原谅。

有好几次，他在街上走得好好的，一旦有半尸经过，他就猛踹一脚。被踹倒的半尸往往会抬起萎缩的脸，头顶植物晃动，迷茫地看着他。

但这一次，他的愤怒并没有收效。

下午，主管专门来到这层楼，先问过工作进度，得知大多数设计图都还没完成，发了一通脾气；给大家介绍了新同事。原来这个半尸是救援队从三百公里外的河边发现的，身上已经没有病毒，擅长城市建筑的设计，以后就在设计部这边坐班。

刚介绍完，这个头顶一丛绿草的半尸就挤开人群，站到中间，冲大家鞠躬说："大家好，我叫阿川，以后请多多指教！"

没人回他，他也不以为意，又向主管问好。

主管说："嗯，你好好在这里干，等着病养好。听说医疗部那边已经快把'彼岸花 2.0'研究出来了，到时候你就能完全恢复成人了。"顿了顿，声音又大了些，"但即使你是半尸，也比某些人有用多了，不到半天就画完了音乐厅主剧场的座位和灯光重建图初稿，工程部那边核算过了，符合要求——这要给某些人啊，至少得半个月才能弄完，严重影响进度！"

赵平的脸霎时变红，又有些发白。

主管没说错。市长很早就定下了城市重建任务，但设计部的图纸画得太慢，被点名批评过好几次。所以主管才这么着急，还专门去找有天赋的半尸来扩充团队。

赵平向主管投诉，却没想到半尸是完成了任务后才看喜剧电影的，现在反被主管敲打——但这也不能怪赵平，要完成那两张重建图，难度不小，从阅读资料到分析数据再到绘图，至少要一周，这个叫阿川的半尸却只用了半天。

主管说完后，转身离开了。大家都怀着疑惑回到工位。整个下

宿　主

　　午，所有人都安静地干活，只有角落的阿川在看老式喜剧，不时发出笑声。

　　打这以后，金宁就留意上了这个新同事。她越来越觉得阿川很不一样——这个"不一样"，并不仅是与人类相比。因为就算在半尸中，他也是个异类。

　　他每天来得格外早。

　　负责打扫这层办公室的，是个姓马的大姐，也是半尸。马大姐是二级治愈者，虽然病毒被清理掉了，但脑子里一片糨糊，浑浑噩噩的。她每天五点被叫醒，来到办公室打扫，结束后就坐在楼梯口，垂着头，在咕哝着什么，有时候还会抹眼泪。

　　一次，金宁发现很多人围在保安室里，进去一瞧，原来是在围观办公室的监控。画面中，阿川刚过五点就来到办公室，先是给每个办公桌放一个橙子，再跟张大姐一起搞卫生。他们一边打扫，还在一边聊天。但监控的精度不够，听不清内容，只能听到不时传来的笑声。

　　"奇了怪了，"赵平死死盯着屏幕，皱眉道，"这马大姐还会笑？"

　　打扫完卫生后，马大姐也没像往常一样去楼梯口坐着，而是蹲在阿川工位旁，继续絮叨。直到办公室的人渐渐来齐，她才不舍地离开，去打扫别的楼层。

　　他工作完成得特别快。

　　设计部负责城市的修复设计，在废墟基础上重建，比新修要复杂很多，因此金宁他们的工作都是细致活，图纸上的每根线条都得慎重。但阿川似乎天生对建筑敏感，打开 CAD，鼠标和键盘咔咔作响，半天就能完成他们一到两周的工作量。做完后，他就会看喜剧电影，并毫无顾忌地发出笑声。每次他这么做，赵平就恨得牙痒痒的，但偏偏阿川画的图都能在工程部那里过审，他也无可奈何。

还有，阿川即使不看喜剧，每天也是很开心的样子。

这是最奇怪的地方——一个半尸，比人类都开心？

十四年前，埃博拉病毒爆发，感染者几乎皆成丧尸。人类几千年来建立的辉煌文明，不到七年，就完全崩毁，人群越密集的地方，被病毒吞噬得越快。幸存者们艰难地聚团求生，生存空间越来越窄。

要不是一个丧尸身上突然长出了能治愈病毒的彼岸花，恐怕最后的幸存者也会被尸潮吞没。

人们从彼岸花里提炼出了解毒剂，用无人机播撒，不久后就遏制了病毒。丧尸们逐渐清醒，不再逐血肉而食，身体也从腐烂状态中恢复，有了血色。

埃博拉感染人类，将他们变成死者，而彼岸花仿佛一条船，穿过迷雾重重的河面，搭载死者，向着生之一岸回渡。所有人都以为丧尸之疫完全解除，世界即将重回正轨，但这时，回渡的船停在了河中心。

像是上帝开的玩笑——彼岸花对丧尸有治疗作用，但无法治愈。

新的丧尸身上没有了病毒，不再攻击人类，体内隐隐有血管新生，还会长出各种各样的植物。他们同时从食物和阳光里获得能量，维持机体运转，但血肉依旧萎缩，思维迟钝。这一类人，官方称作生还者，人们私底下叫"半尸"。

金宁所见的大多数半尸，都呆滞木讷，机械地做着人类吩咐的事情，做完后就浑浑噩噩地待着；她所见的绝大多数人类，也都沉默沮丧，谨慎地做着其他人交代的工作，完成后就醉生梦死地度日。这场浩劫不仅摧毁了文明，也带走了所有人的喜悦。

而这个叫阿川的丧尸，看老式喜剧能当众发笑，跟马大姐的闲聊也透着欢乐，每天早上乐呵呵地向所有人发橙子，被拒绝了也不以为意。

"妈的，肯定是脑子被病毒啃坏了。"赵平如此评价阿川的乐观。

二

这个半尸的脑袋有没有坏，金宁不知道；她知道的是，赵平真的很恨他。

一个周末，金宁接到赵平的电话，说是带她去邻市的废墟找唱片。金宁有些犹豫，她知道赵平一直喜欢自己，而她还没想好。要是一起出去玩，会很尴尬。但唱片的诱惑对她而言，实在是太大了。

好在赵平也察觉到了金宁的顾虑，补充说："还有安娜和右手哥一起去。"

安娜和右手哥都是她的同事，前者有严重的抑郁症，后者在尸潮中失去了左手。有他们在，气氛能缓和一些。

于是周六的时候，他们共乘一辆车，驶出了福音城。

天气很好，金宁坐在副驾驶位上，透过玻璃，看到了街上正在忙碌的半尸们。这些都是一级治愈者，麻木地清理废墟，从不休息。

"哼，"赵平扶着方向盘，"累死这群鬼。"

汽车出城后，拐上了高速路。

说是高速，其实也开不快。早先丧尸肆虐时，这里就荒废了。生锈的汽车挤在路旁，爬满了植物，锈迹与绿色混杂着，向远处延伸，像是一条锈病缠身的蛇。为了福音城的重建，市长曾派半尸们把挡路的车辆清理了些，他们才能磕磕绊绊地行进，一路去往邻市。

由于车开得很慢，金宁睡意昏沉，贴在车窗上迷迷糊糊地睡着了；又因后排的安娜和右手哥一直在争论"半尸算不算人"，经常被吵醒，等到了邻市，她已经头疼欲裂，下车蹲在路边，想呕又吐不出东西来。

她身后，安娜还在和右手哥争执："说到底，半尸还是人，只是没活过来而已。"

右手哥用他仅剩的手臂拍了拍裤腿，说："没活过来，那就是死人。死人不是人，只是一团聚合的有机质而已。"

"你见过哪团有机质会跑会走，还能帮你干活？"

"干活有什么了不起的？你知道机器人吧，要是没丧尸这档子事，现在机器人早满大街跑了。你说，机器人算人吗？"说完，他咋咋舌，

宿 主

"可惜现在这门技术被搞丢了，要重现的话，不知得多少年。"

"机器人跟半尸，还是不能比的……"安娜说，但明显有些底气不足，用手轻抚着她自己在手臂上划出的伤疤。

看到那一条条排列整齐的疤，右手哥便没再说话了。

赵平没理会他们，过来拍了拍金宁的背，低声问："没事吧？"

金宁到底也没呕出来，呼吸了些野外的新鲜空气，站起来道："好多了，我们走吧。"

来这里的原因，是赵平从数据部那边搞到了地图数据，发现邻市曾有一家全国知名的唱片行。虽然这里毁于尸疫，但丧尸对唱片不感兴趣，说不定还能找到保存完好的碟片——而他知道，金宁喜欢听音乐，曾用几个月的贡献点换了一台黑胶唱片机。

他们顺着导航图，慢慢曲行。沿路，导航标注着密密麻麻的商店和景点，一派繁荣，而车外全是蔓藤和残破的砖墙，荒凉如墓地。偶尔有动物在草丛间掠过，一闪即没，除此之外，四周没有任何声音。

这里离福音城不到百里，却是两个世界。

他们很快到了唱片行的遗址。金宁运气不错，一番翻找后，翻出了好几张包装完好的唱片碟。她欣喜地打开，看到是罗妮斯·乔普林和迪克兰的，都是她喜欢的乐手。

"不早了，"赵平看着她的笑容，也笑了，又看看天色，"该回去了。晚上这里不安全。"

夜晚的废墟里，有野兽，还可能有仍未被治疗的丧尸，都很危险——尤其是后者。

于是，斜阳铺洒的时候，他们就踏上了回去的路。车上，安娜和右手哥又开始讨论半尸的问题，金宁抱着唱片，再次睡意昏沉。

所以当车突然刹住时，三人都没反应过来。

"怎么了？"安娜有些不满，但顺着赵平的目光，也愣住了。

高速路旁，一个人影正走走停停。斜阳剪出他的侧影，虽然看不清脸，但那消瘦的背影，还有身上宽大到松垮的西装，都分外眼熟；再配上头顶那一丛标志性的绿草，让他们一下子认出来了——阿川。

赵平扶着方向盘，冷冷地远眺，好半天才憋出几个字："他来这里干什么？"

安娜也盯了好一会儿，说："好像是——在拍照？"

是的，阿川每次停下时，都会举起手中的相机，以一个固定的姿势站立好几秒。有时会更久。金宁的目光向远处移动，看到旷野正逐渐被暮色侵染，而夕阳斜斜地垂着，染红了低压的云层。一行飞鸟扑腾着宽大的羽翼，在田野间掠过。

真的很美。金宁想，自己一路上怎么就没发现呢？

"妈的，还是长焦，"右手哥往车外吐了口唾沫，"这家伙还挺有钱！"

赵平突然冷笑了一声，下了车，从后备厢拿出一根橄榄球棒，朝远处的阿川走去。

金宁眼角一跳，看赵平杀气腾腾的样子，连忙也推开车门，拦到赵平前面。

"你要干什么？"她抱紧怀中的唱片，声音发颤，"你别冲动！"

"你放心，我没有冲动，"赵平握紧球棒，青筋都暴了出来，"这附近没人，不会有事的。"

金宁听出了他话语里的残忍："他好歹也是我们的同事……"

"他是个丧尸。"赵平简短说完，回头朝右手哥使了个眼色。

右手哥一言不发地下车，粗壮的右手抱住金宁，把她拖回车里。金宁拼命挣扎，唱片掉了也挣不开。

"你放开我，他是去杀人啊！"她尖叫道。

右手哥在她耳边道："他要杀的，不是人。"顿了顿，语气加重，"你知道我左手是怎么断的吗？被丧尸咬了一口，我自己砍断的。今天要是赵平不动手，我也会去。"

金宁求助地看着安娜。但安娜转头看着窗外斜阳风景，面无表情。

车外，赵平慢慢走向阿川。他走得很轻，球棒掠过草尖，连沙沙声都没发出。

而阿川正在拍落日景象，太过专注。他举着相机，镜头贪婪地吸收光线，天色到了最美的一刻，他按下了快门。

咔嚓。

也就是同时，赵平挥动球棒，狠狠砸在阿川的脑侧。

隔得远，金宁听不到金属棍与腐朽脑袋的撞击声。但阿川被打得斜飞出一米多，随后倒地不起，连痉挛都没有，可以看出这一击的力大势沉。斜晖里有液体和固体飞溅而出，看样子是连头骨都打裂了。

相机也从他手中掉落，沿着斜坡滚下。

赵平可能也没想到半尸的头骨这么脆弱，愣了一秒，把球棒扔掉，跑回车里说："走，回去！"

说了之后，他才意识到坐在驾驶座上的是他自己，连忙打火挂挡。车子立刻蹿出，背离斜阳，驶向福音城。金宁终于挣脱右手哥的控制，努力向后看。

她看不到那具尸体，只能看到一轮黯淡的夕阳正飞速沉入地平线。

金宁没有报警。这一天的旅程，本来让她对赵平有了一丝好感，毛茸茸的暧昧在彼此间萌芽。只是赵平那残忍的一击，让这份暧昧过早夭折。但有这个基础，她亦无法狠心去举报。

而且像右手哥说的，"杀半尸，真的算杀人吗？"

新政府成立不过三年，基建尚未完成，律法更无明文。市长讲话时倒是提到了"人和半尸要和谐相处，一起建设新家园"，但杀了半尸会不会受到惩罚，他没说。

于是，金宁心思烦乱地熬到了周一，一进办公室，又愣住了。

办公桌上稳稳地放着一个橙子。金灿灿，格外饱满，流淌着朝阳斜射进来的光。

赵平的桌上也有橙子。所有人桌上都有。

她和后脚进来的赵平对视一眼，都很疑惑。随后，两人的目光一齐移动，看向西北角落——屏幕后方，探出了一丛格外精神的绿草，正是阿川。

赵平手脚冰凉，摊在椅子上，念道："完了，完了……"

但他担心的事情并未发生。

这一天跟此前一个多月的每一天几乎一模一样，办公室里只有键盘敲响，除了心怀鬼胎的四个人，其余的人都在埋头干活。而到了下午，角落里再次响起被喜剧逗乐的笑声，一如此前。

金宁和赵平面面相觑。

三

当金宁听到主管说，要让自己和阿川一同负责城市音乐厅重建的监督工作时，她产生了困惑：为什么老天这么爱给自己"惊喜"？

多年前，父母丢下自己逃走，再无音信，她以为他们已经丧身在尸疫中，但福音城重建时，他们再次出现，但她已无法原谅他们；她从小爱好音乐，也有天赋，却在重建分工时，被分配到了设计部；她目睹了阿川被谋杀，虽然不知道他为什么又活了过来，但她本能地想跟阿川保持距离，却又必须在一起工作。

主管看到她为难的样子，面色不悦，问："有问题吗？"

上一个跟主管说有问题的设计师，没过一周就被开掉了。那个才四十岁就已经头发花白的前同事，不能再住设计部公寓，搬到了废弃房屋中，跟半尸们一起扛砖砌瓦，用低微的贡献点来换取食物，勉强度日。

金宁连忙摇头："没有问题。"

一旁的阿川也点点头。

"那就好。"主管离开前，又叮嘱道，"在外面也别受欺负。你们是设计部的，要是施工部那边不配合，就不给他们验收——不过施工部的那个胖子是有名的难缠，你们还是小心点。"

这番话，明显是说给阿川听的。他却心不在焉，主管一说完，他就连忙回去接着看喜剧了。看着他的背影，和一走动起来就簌簌抖动的枝叶，主管叹了口气，转而对金宁说："你也看着点，别让别人欺负他。"

主管能当上主管，还是有几把刷子的。没过几天，金宁就不得不佩服他的预见力——阿川果然遭到了施工方的刁难。

开始，是在欢迎宴上。设计部在重建工程中负责技术签收，要是设计部不签字，施工部就从市长那里拿不到贡献点，因此在每个项目上，设计部的人都很受重视，欢迎宴也搞得比较隆重。

但这次，施工部的几个领导，显然没有料到会有半尸在席。

"这……"一个领导愣了愣，"设计部这是什么意思？"说着，他犹豫地看向对面主座上的中年男人。

那个男人白白胖胖，脸上本应该一团和气，但现在却阴沉沉的，眼缝里划过的几缕微光不可捉摸。

金宁听说过他——音乐厅重建的施工总责，叫罗伯特。

罗伯特是白人血统，本是颇为成功的跨国企业高管，来中国旅游，适逢尸疫爆发，再也无法回到美国。在最黑暗的七年里，无数人死去，他却活了下来。他原来是个典型的白胖子，活活饿到不足百斤，皮包骨头。有个传闻，说是在最饥饿的时候，他吃过尸肉。熬到尸疫解除，他又迅速吃成了比原来还大一圈的体型，现在坐着，肥肉几乎要把椅子淹没。

金宁见气氛不对，忙说："阿川是我们新来的同事，很厉害，这次就是因为他把音乐厅的重修方案提前完成了，我们才能这么快开工。"

罗伯特依旧眯着眼睛，仿佛用眼皮把世界挤压得有些狭窄和扭曲，过了许久，他才点了点下巴。

金宁松了口气。但她还是能察觉到，对于半尸，罗伯特有着奇怪的愤恨。这一点，欢迎宴上几乎人人都感觉得到。

除了阿川。

他依旧穿着那身格外宽大的西装，非常兴奋，不停地向邻座的中年女人问这问那。虽然声音很低，但因气氛凝重，所有人都听得到。

"这条鱼怎么做成这个样子，"他问，"看起来好恶心，好吃吗？"

中年女人耐着性子说："你吃一下就知道了。"

阿川摇摇头："我没有味觉。哦，也没有嗅觉，真遗憾。"

罗伯特突然笑了，向手下使了个眼色。手下心领神会，大声道："那既然吃不出味道，就喝酒吧。来，今晚不醉不归！"

金宁见势不妙，想要阻止，但她也没工作几年，怎是这些老江湖的对手，拼全力才没让自己被灌酒，根本护不住阿川。

施工部的人擅长劝酒，隔两句就逼阿川灌一口。没几分钟，阿川就喝下了一斤多，已经有些摇晃了。

金宁一咬牙，推开几个围着自己的员工，抓住阿川的手，说："别喝了。"

他的手很冰凉，让金宁心里一惊。

阿川却挣脱开她的手，又拿起酒杯，大着舌头说："没——没事！现在下班了，酒好喝……没事，不误事……事的……"

这时，对面的罗伯特慢悠悠道："对啊，他自己想喝，金女士你就不要阻拦了。难道，你们还有别的关系？"

后半句话已经有些恶毒了。金宁的脸一下子红了，再看阿川依旧抓着酒杯，一副不识好歹的模样，顿时怒气冲冲，索性说自己不舒服，先回去休息。

罗伯特连客套性的挽留话都没说一句，就让她走了。出门前，她还能听到里面此起彼伏的劝酒声。"喝，喝死算了！"她愤愤地想，"反正义务我尽到了，你不听，能怪谁！"

她回到住处，但终究放心不下，又打车回到音乐厅旁。这时已经很晚了，除了路灯，建筑都黑沉沉的。尤其是垮塌了一半的音乐厅，像是负了伤后蹲伏在黑暗里的野兽。她战战兢兢走进开欢迎宴的房间，一进门，只看到杯盘狼藉，秽物满地，而阿川就趴在桌子上，不知是睡了还是死了。

他当然不会死。罗伯特再浑，也不敢得罪设计部；而阿川毕竟是早就死过一次的人了，再死也没那么容易，他被赵平一棒子打破

宿　主

了头，不也还好好活着？

　　她把阿川扶起来。别看他瘦，分量可不轻，金宁得使出吃奶的劲儿才能往外走。刚到街上，他像是突然醒了，趴在栏杆上干呕。

　　"呕什么呕，"她啐骂道，"还不是你喝进去的，呕出来多浪费！"

　　但阿川哇了半天，最终也没呕出来；倒是恢复了些神智，扶着栏杆，勉强站定。

　　金宁不用扶他了，也松了口气。此时她离他很近，才看到他的脑侧的确被赵平打出了一道裂缝，只是裂缝里又钻出了三片扁平的长叶，翠绿如翡。叶子拂过她的脸颊，有些痒。

　　看到这道裂缝，她的气突然消了。她叹息一声，上前扶他，右手抓住他的西装，这时，一张照片从西装口袋里掉了出来。

　　"咦？"金宁又放开他，捡起照片。照片已经泛黄，上面是一个在夕阳下吃冰糖葫芦的女孩，很漂亮，但因照片泛黄而显得有些憔悴。空白处歪歪斜斜地写着三个字：秦艺弦。

　　她还要细看，阿川突然伸手抢过照片，放回口袋里。

　　金宁皱眉，一扭头，却看到阿川眼角流下了泪。

　　她愣住了——他在哭？

　　首先，半尸不会哭。即使会，也跟阿川联系不起来：他来设计部这一个多月，一直带着近乎智障的乐观，每天下午看喜剧，遭人辱骂也只当无事发生。实在无法想象他的双眼会淌泪，在昏黄的路灯下，被照成两条闪闪发光的湿痕。

　　"不会是酒吧，"金宁暗忖，"可能半尸的生理机制不一样，不是从嘴里呕吐，而是通过眼睛流出来……咦，好恶心。"

当晚，她花了很长时间才把阿川送回他的住处。开门后，她把阿川推进去，便准备离开。但阿川像是清醒了不少，结结巴巴道："等……等一下……"又摇晃着进了卧室，像是去翻找什么。

金宁犹豫一下，还是决定站在门口等。她不敢进去，却好奇地往里打量，灯光昏暗，照着客厅墙壁上的大幅照片——一轮斜阳垂在山影背后，鸟群扑腾，晚霞凄艳如天空淌出的血。她觉得很眼熟，想起来了，那正是阿川被赵平袭击时，拍下的那一轮夕阳。

还没回神，阿川就抱着一小摞黑色方块物走了出来，递到她怀里："一直忘了，这是你的东西……很好听……"说完，他后退两步，躺到沙发上。这个沉默又快乐的半尸很快进入沉睡状态，连胸膛都不起伏。他的手捂着口袋，口袋里是一个女孩的照片。

金宁低头，诧异地看着怀中之物。

这是一叠唱片，有些有包装，有些只是碟片，最上面的几张印着歌手的名字：罗妮斯·乔普林，迪克兰……她很熟悉，因为这些都是她亲手从邻市的废墟里找到的唱片，后来又遗失在荒野里。

她胸膛闷闷的——原来，他早就知道是谁袭击了他……

四

金宁原以为阿川醉成这样，至少得休息两天。结果次日一早，她刚到音乐厅，就发现阿川已经到了楼下，跟一群半尸混在一起。

这群半尸都是一级治愈者，被教会了怎么砌砖垒瓦后，就只会

宿　主

重复地做这些事。如果没人阻止，累死也不会停止。所以金宁一直看到的是他们或在废墟间劳作，或呆坐在广场上，展开头顶的绿植，无声地晒太阳。

但现在，他们围着阿川，紧得几乎没有空隙。花草也挨在一起，像是废墟里铺展开了一片草原。而由于每个半尸头顶的植物都不太一样，这个草原也颇为驳杂，有花有草，有树有藤，颜色也是姹紫嫣红。

她走过去，老远就听到了阿川的声音。

"啊，哈哈，老李，别看你烂透了，你头顶的曼陀罗倒是长得很好！如果我们是孔雀的话，你一定是最受雌孔雀欢迎的那只……哎，小朵你别急呀，你的牵牛花也好看，就是有点枯萎，你最近多晒点太阳，多喝水。咦，费尔南多你头上的植物我怎么不认识？哦，原来是五色梅啊，那可能有点臭，不过没关系，哈哈哈，反正我们没有嗅觉……"

他逐个跟半尸们打招呼，语气轻松，昨夜的醉态荡然无存。

太阳渐渐攀升，光辉在整个福音城的表面流淌，而眼前这片紧凑的绿植，花叶几乎被照得透明。

"干啥呢！"身后传来罗伯特的声音，"还不干活！"

好几个半尸被他拉扯得摔倒，依旧不舍散开，罗伯特又掏出电击棍。嗞嗞声中，一大片花草剧烈抖动起来。

半尸们终于散开，去往音乐厅废墟的各个角落，机械地干活。等他们走了，金宁才走到阿川旁边，问："你……你没事吧？"

"啊？"阿川的语气有些迷糊，"我能有什么事？"

"你昨晚……唉……算了。"

设计部的人下派到施工项目上，一般都很轻松，只需在验收时签个字就可以了。所以接下来，金宁就找了个安静的地方，戴着耳机听歌，一天很快就过了。阿川却闲不住，整天都在施工现场跑来跑去，跟各个半尸打招呼。

于是施工部的人有意见了。罗伯特的一个手下跑来找金宁抱怨："你管管你那个同事，让他别老往现场跑，他一来，就对我们指手画脚，影响进度啊！"

金宁听出了他话里的意思，冷冷道："你们要是按规程办事，不偷工减料，他肯定不会说什么。"

"这……"手下赔着笑，"做工程就是这样的，要真一板一眼来，就干不动。以前是这样，现在也没变。"

这倒也是事实。金宁冷言冷语把他轰走，等到下午，还是去现场找了阿川，让他以后跟自己待在一起。阿川刚开始不肯，金宁只得加重语气，威胁跟主管告状，他才吐吐舌头，蹲在角落里。

"喂，"金宁看他一副可怜的样子，犹豫一下，主动打破僵局，"你头上的是什么花啊？"

阿川抬起头，一下子得意起来："这啊，不是花，是草。你摸摸，长得多好！"

金宁有些犹豫。植物是半尸的一部分，她要是触碰，多少有些不便。但阿川说得这么自然，不像有邪念；他的瞳孔虽然已经黯淡，眼神却很清澈。

这么近地看着他，金宁才突然发现：他长得还挺好看，五官立体，脸型如削。要是没变成半尸，还算俊俏。咦，自己在想什么……

"这是什么草？"她后退一步，用问题掩饰心里的一丝慌乱。

"噢，我查过，跟它最接近的，是萱草。"阿川兴致勃勃地介绍，"这是学名，你可能没听过。它还有别的名字，比如金针菜、鹿葱、和忘忧草。"

忘忧草……金宁看着他脸上的欢喜和得意，觉得的确找不出比这更适合的名字了。

"对了，为什么每个半……每个生还者头上都会长一株植物？这些根须在身体里，会疼吗？"

"不疼，我们没有知觉嘛。"说着，阿川抓了抓头顶的叶条，"但为什么长植物，我不知道。不过我想，这应该跟'彼岸花'试剂有关吧。"

金宁点头。能治疗丧尸的试剂提取自彼岸花，而最早的彼岸花，就是从一个丧尸身体里长出来的。这种特性想必也随着丧尸被治疗，而留在了生还者体内。这让她又想起了安娜与右手哥的争论，问道："那你们到底……"

"嗯？"

金宁小心斟酌，发现没有合适的措辞，索性问："算不算人呢？"

"算……吧。生和死之间，隔着一条河，本来我们已经到了对岸，算是死人。"他的手在身前一划，仿佛一道无形的线将他和金宁隔开，"而彼岸花让我们回渡，如果能回到这一岸，我们就是人，毫无疑问。但现在，我们停在了河中心，不生不死，离两岸都很远。"

他的声音里，有罕见的迷茫和低沉，让金宁有些不忍，说："别担心，主管不是说了嘛，市政府正在研制'彼岸花2.0'，到时候你们就能彻底回渡，离船上岸，重新变成人了。"

"希望如此。"

说话间，已到傍晚，斜照进来的光有些昏暗。金宁站起来，说："走吧，可以下班了。"

走到外面，阿川看见音乐厅附近的丧尸们还在艰苦干活，问："为什么他们不下班？"

"他们……"金宁犹豫一下，"这不是我们设计部的事情。"

"但这是我们生还者的事情。"说着，阿川走向那群半尸。他没说几句，只见所有半尸都停止了劳作，依次回到地面。

金宁突然想到，当初由于沟通困难，训练这些一级治愈者干活，花了政府大量时间，要是早点由阿川来沟通，大概会省不少事吧。

她还未想完，身后传来了嚷嚷声。

"都给我回去！"罗伯特满脸通红，显然又喝了酒——据说他在上一个工程里挖到了酒窖，没有上交，够喝好些年了，"他妈的，现在才几点，太阳还——哦，太阳落了，但太阳落了你们也不能停工！工期紧着呢！"

说着，他又掏出电棍，可怕的电光在黯淡黄昏里格外刺眼。

半尸们浑噩无知，但有着畏惧的本能，电光一亮，便向后退缩。阿川逆着尸潮走上前，对罗伯特说："他们累了，需要休息。"

"他们没累。"罗伯特喷着酒气，"他们是丧尸，怎么会累。"

"我们是生还者，马上就会痊愈变成人。你听不到他们的声音，但我听得到，他们的确累了。"

罗伯特转过头，朝着金宁走来，说："这么说，设计部现在要接管我们施工部了吗？"他鼻子里喷出笑声，"那可太好了，我就一身轻松了。行吧，你们来管，市长那边也由你们去汇报吧。"

金宁一言不发，绕过他，走到阿川面前，低声道："你发什么神经！"

"没有呀。"他说，"这不是正常的休息时间吗？"

"这是我们的休息时间，对他们不是。"

"他们，也是我们。"

"你不要胡搅蛮缠，走！"金宁拉起他的手。她再次握到了一片冰凉。这片冰凉想挣开，但她握得很紧，白皙皮肤下青筋都暴起来了，将他往外拉。

"可是……"他还想说什么，但被金宁拉着远离了半尸们。

金宁刚松口气，又远远地听到了罗伯特暴跳如雷的声音："你们干什么！想造反吗？还不回去干活！"

但任凭他怎么吼，甚至用电棍击打，也只有半尸倒地，而无人返回工作现场。这群半尸站在暮色里，像是面对伐木机的森林，既不躲避也不愤怒，唯有的是沉默。

罗伯特推嚷了半天，累得气喘吁吁，也没一个半尸肯干活。"我以后再收拾你们！"丢下这句狠话，他就转身离开了。

但这句也只能是面子话，工程量这么大，又累，没有幸存者肯干，他只能靠半尸。这以后，半尸们准点下班，到不远的广场上聚集成团。阿川有时候也跟他们待在一起。由于他们聚堆，广场上只能看到一大片郁郁葱葱的草叶花枝，根本看不清脸。但每次金宁都能一眼看出阿川在哪里。

因为他在的地方，花草格外锦簇。

有一次，已经很晚了，但因为要紧急修改设计图，她跑去广场找阿川。天色昏暗，路灯照不到这里，广场上的植物连缀成一片，如同幽邃海面。她不敢走近，站在广场边缘，大声喊："喂！"

无人回应。

她又叫了几声"阿川"，但海面波澜不起。

一阵风吹来，带着暮春特有的寒意，她抱着肩膀。阿川没有回应她，可能是睡着了，而半尸一旦睡着，就很难醒来。她顿时焦急，风变大了，脑中突然闪过阿川喝醉那天掉出来的照片，和照片上的名字。

"艺弦，艺弦，"她喊道，"秦艺弦！"

海面上掠过了一道波光。

她怀疑自己看错了，揉揉眼睛，睁开时眼前还是一片幽黑。她再喊了遍这个名字，波光再次出现，这次她看清了——那不是海面波光，而是眼前这堆长在半尸脑袋上的植物发光了。像是深海电鳗，本来与黑暗融在一起，但随着"秦艺弦"三个字的喊出，电流骤然在骨骼里流通。

她不停地喊着这个名字。

以阿川为中心，白色的荧光沿着植物的茎叶窜动，一闪一没。阿川头上的忘忧草，此时成了一颗心脏，每一次跳动，都在往外输出光晕。而她喊得越快，心脏跳动得就越剧烈，光也流窜得更广。很快，所有半尸头上的植物都发出了光。每一根花枝，每一片草叶，都成了精致透明的灯管。

夜风拂过这片光的海洋，枝叶颤动，光晕忽而碎成星星点点，忽而连缀成整齐的一片。

灯海以下，站立的半尸们都闭上了眼睛，一片安详；光晕之上，金宁看得目瞪口呆，嘴巴久久不能合上。

五

音乐厅的修复工程虽然延了期，但三个月后还是顺利完工。金宁和阿川又回到了办公室。一回去，金宁就觉得哪里不一样了。过了好几天，她才后知后觉地弄清楚——办公室人没变，氛围也没变，依旧是大家一起排斥阿川。只是这一次，她被大家从"大家"这一边剔除了。

她倒是不介意，在阿川来之前，她就没多少朋友。没人找她，她也乐得清闲。

倒是赵平有些急。

"他们说的是真的吗？"一次下班后，赵平拦住她。

"什么真的？"

"你和那个丧尸啊。"

金宁皱眉纠正他："他不是丧尸，是生还者。"

"你还这么维护他！难道你真跟他……"

尽管赵平没把后面的话说出来，金宁也知道他的意思。她不是聋子，回来前就听到了不少传言，说自己处处照顾阿川，说自己每晚跟阿川一起回家，说自己跟他的关系很暧昧……她没有去否认，一方面是因为懒和不屑；另一方面，是无法否认。

音乐厅工程的后期，她的确在很多事上护着阿川，以免他遭到罗伯特的报复。她也跟他一起回家——他们都住设计部的公寓，回家是顺路的，其实一路上也并没有聊多少天。

至于暧昧……她不确定。她跟阿川接触很多，对他也慢慢从抵触变成了信任，但他终究只是一具会活动的尸体，不是同性，也不是异性，暧昧从何而来？

她能确定的是，她对阿川没有戒心，还很好奇：为什么他能永远乐观，能快速画好图，能跟其他半尸们交流，能让头顶的忘忧草放出光来——尤其是，为什么一听到那个女孩的名字，就会发光。

这些问题她一无所知，但知道得越少，就越想了解。而阿川单独面对她时，又会变得沉默寡言。

他们唯一聊得多的那次，是工程结束后，去跟施工的半尸们道别。他们到广场，但一个半尸都没看到，又回音乐厅，也没发现。

宿　主

阿川显然有些不安，忘忧草的叶子都蜷缩起来，刚长出的花骨朵也无力地垂着。

他们去问罗伯特，遭到了意料之中的冷眼。罗伯特看着阿川，嘴角肥肉堆叠，组成了奇怪的笑容，他舔舔舌头说："怎么？工程结束了，我施工部的人员调动，也要向设计部请示？"

在回家的路上，金宁安慰阿川说："应该是调到别的地方去了，修复工作有很多，都需要生还者帮忙。"

阿川沉默了一会儿，说："可是我还没跟他们道别。他们没有记忆，会忘了我。"

"都在这座城里，你们总会遇见。"金宁说，"等你们都被治愈了，他们会记起你的。"

阿川点点头。但看得出来，他还是有些不安，因此一直在说话。他说了许多，都与那些半尸工人有关，他知道每个半尸的名字，熟悉每个半尸的故事。他们没有打车，直到午夜才走回家，而他的讲述依然没有停止。

"你是怎么记住这些事的？这么多人，这么多不同的细节，根本不是人脑所能记住的。"

阿川指了指头顶的忘忧草，"它帮我记住。"

"那秦艺弦呢，"她忍不住问，"她是谁？"

忘忧草亮了一瞬，又像坏掉的灯泡一样暗下去。草叶垂下，看不到阿川的表情——即使不垂落，他的脸庞苍灰枯萎，也很难看清他表情上的细微变化。

"晚安，"他对金宁说，"希望你有一个好梦。"

金宁知道说错话了，有些尴尬，说："你也是。"便转身回屋。直到躺在床上，她才想起科学院的研究里说过，半尸是不会做梦的。

"嗯？"赵平见她若有所思，声音更急，"他是丧尸啊！你就算不喜欢我，也不能真的——"

金宁微怒，"你说什么呢！我没有！"

"那就好。"

金宁正准备走，又听赵平用很神秘的语气说："那现在有个机会，可以让你重回我们这边。"

"什么机会？"

"我们建了个群，联合起来，哼，一起让那小子混不下去！"

金宁好气又好笑："你们幼不幼稚啊？"

"这怎么能是幼稚呢？难道我们真能跟丧尸一起工作吗？太瘆得慌！他还爱表现，只要有他在，主管就对我们不满意。"

赵平这么絮絮叨叨，足足说了半个钟头阿川的坏处，说得唾沫横飞。最后，金宁还是加入了他们的群，倒不是多想回到"集体"，而是想看看有谁在针对阿川。

一进群，发现整个办公室的人都在。平常大家在工作群里很少聊天，在这个群里，却异常活跃。每个人都在为怎么把阿川赶出去出谋划策。有人说找到了有病毒的 U 盘，要去黑他的电脑；有人说要在水壶里放农药，等阿川给头顶的植物浇水时，毒死他；还有人建议，要趁他回家时，悄悄埋伏，用麻袋套了，扔到郊外去……

有时候金宁忙了几个小时，再打开群，往往会发现群消息已经过了几百条，一直往回刷都看不过来。

而那些损招，还真有人去试过。刚开始大家都不肯，群里难得的沉寂，这时安娜突然说："看我的！"便把束好的头发披下，涂了口红，把 T 恤的下摆系紧，露出一抹雪白的腰肢。这个动作让她工位周围的几个男人下意识地吞了口唾沫。

安娜拿着有病毒程序的 U 盘，风情万种地走向阿川，一边跟他聊天，一边悄悄把 U 盘插到了电脑上。

所有人都紧张地看着 U 盘，插上去的时候，大家都松了口气。但他们没留意到：安娜越跟阿川聊天，脸色越奇怪，到后来眼圈都有些红了。聊完后，安娜失魂落魄地回到工位，连 U 盘都忘了带回。

阿川的电脑如期望般被黑，且无法修复，主管骂了他一顿，又给他申请了新电脑。当主管问他被黑的原因时，所有人的心又提了起来，但阿川把 U 盘塞进裤袋里，什么都没说。

"咱们初战告捷，以后再接再厉！"当天下午，赵平在群里给大家鼓劲，但消息发了不到三秒，又问，"是谁退群了？"

金宁看了眼群聊人数，果然少了一个。

办公室的人不多，大家七嘴八舌一核对，很快查出：是安娜退群了。

群里又是一片寂静。

金宁抬起头，视线掠过一排排电脑屏幕，落到了安娜的工位上。安娜个子高，屏幕后却连一丝头发也没露出来，金宁先是一诧，随后醒悟——安娜是趴在桌子上了。

整整一天，安娜都没抬起头。主管来视察了一次，勃然大怒，吼道："安娜！"

安娜怏怏地抬起头，金黄的头发披下来，眼睛本来就湛蓝，里面沁着清泪，看起来更加水汪汪的。她桌子上的图纸也被洇湿了一大片。

"别着凉啊，"主管一怔，赶忙柔声说，"办公室空调足，很容易着凉。要毯子吗？我给你拿过来。"

安娜点头，主管连忙把一旁右手哥身上的毯子扯下来，给她披上。

安娜虽然有抑郁症，严重时会把自己划得鲜血淋漓，但她从没哭过。因此不单主管措手不及，赵平也摸不着头脑。下班后，等安娜走了，赵平冲过去揪住阿川，质问："你把安娜怎么了？"

"她很好。"

"好个屁，她都哭了！"

"她应该哭。"阿川说，"能哭的话，就能笑。"

这话说得赵平一愣，手松了松。阿川慢条斯理地整理衣领，又转过身，对右手哥道："如果你真的喜欢她，建议你早上给她打电话，那是她最脆弱的时候。你们可以聊天气、运动和电影，但千万不要提到海洋。"

右手哥一听就怒了，扬起拳头吼道："我警告你，别瞎说！你再说这种瞎话，看老子不揍死你！"

第二天上午，右手哥也退出了群聊。

赵平气得在群里大骂，说安娜和右手哥被猪油蒙了心，居然跟丧尸沆瀣一气。但这次，回应他的人就没那么多了。办公室里出现了一些变化，所有人都看在眼里。

首先是安娜。她来得比以前早了，一来就蹲到阿川的工位旁。以前只有两个半尸的脑袋凑在一起闲聊，现在变成了三个脑袋。又过了几天，魁梧的右手哥也凑了过去，四人絮絮叨叨，不时传来低笑。

有些笑声，是安娜发出的。而她笑起来，比她哭，更加罕见。至于右手哥，也变得温柔起来——这让所有人战战兢兢。

金宁忍不住好奇，有一次拉住安娜，问："你们每天都在聊什么呀？"

"就是一些日常啊，"安娜说，"聊看见了什么，吃了什么，有什么开心或难过的事情……就这些。"

"这些……"金宁仔细打量着安娜，这个金发碧眼的美人怎么看也不像那些热衷于说三道四和家长里短的村口大妈，"这些事，你也能聊得下去？"

"为什么不能？"安娜热情地说，"你也一起来嘛。"

"我看我还是算了。"

金宁没有去，但办公室里的其他人都陆陆续续去了，每天九点前，办公室西北角都聚着一堆人。阿川带来的橙子，他们也没扔，就聚在一起，剥橙子、嗑瓜子，一派祥和。

赵平的群里，人越来越少。到最后，只剩下赵平和金宁两人。再过几天，金宁在电脑上翻来翻去，已经找不到那个群了。

六

除了改变办公室的氛围，金宁发现，阿川在半尸群体里也很有影响。

每天一下班，他就离开办公室，往城东的半尸聚集区跑。搜救队从城外带来的半尸，如果没评上三级治愈者，都会被安置在那里。

尸疫让全球百分之九十七的人都沦为了丧尸，这些丧尸几乎都被彼岸花逆转了，因此，半尸数量远大于幸存者。即使只是把附近百里内的半尸带回来，城里的半尸也是人类的近十倍。

刚开始人们很担心：要是半尸再次发疯，那幸存者几乎没有抵抗的能力。但人又是很容易被"习惯"俘获的物种。时间稍微一长，半尸们任劳任怨、任打任骂，人们也就习惯半尸在自己周围了，习惯了由半尸来干苦重的活，也习惯了欺凌半尸。

所以人们居住在保存完好的区域，宽松便利，甚至还有网络。而半尸聚集在城东的街头巷尾。平常，人们都尽量远离那里。

宿　主

金宁跟着阿川一起过来的。

那晚她下班回公寓，还没走近，就看到门口站着两个人。隔得远，四周又被暮色侵染，因此人影有些模糊。但她还是一眼认出了他们。

于是，她停下，站在街的另一边。阴影遮蔽了她。

过了很久，门口的两个人影执着地等待，而金宁，也同样执着地躲避。

这时阿川路过，看到了她："晚上好！"见她表情奇怪，又顺着她的目光看向门口，"咦，他们是谁啊？"

"以前，他们是我爸和我妈。"

"那你怎么不过去呀？"

金宁没有回答。阿川停顿了几秒钟，说："那你跟我去城东看看吧，正好我今天也需要人帮忙。"

路上，金宁低着头没说话，阿川犹豫一下，还是问起了："他们是你的父母，你为什么不跟他们见面呢？"

"为什么呢？"她想。

多少个夜晚，她觉得孤寂，需要有人来陪；多少次她想给父母打电话；多少次路过父母住的狭窄街区……但每次想靠近时，她都会回到那个黄昏，回到那个无助的小女孩身体里。

那个小女孩，刚刚在逃亡中丢失了她最心爱的布娃娃，号啕大哭，格外无助；而她的父母，又把她丢在墙角，双双逃命去了。虽然长大以后她开始理解——自己还小，是逃生中的负担，带上自己说不定大家都会死。但理解不等于原谅。

"没什么。"她摇摇头说。

阿川也没有再追问。

他们一起来到城东，到的时候天已经很晚了。金宁听过许多城东的传闻，都是让她不要来这里的，说是丧尸成群，群魔乱舞，恶臭熏天，来了之后她却发现这里竟格外静谧，也没有他们说的那么拥挤。

路灯下，半尸三三两两地站着，昏黄的灯光洒在他们头顶的植物上。他们在夜里很安静，仿佛真的成了一株植物，茎枝摇摆是他们的动作，花叶摩挲的"沙沙"声是他们的言语。花草的清香四下飘散，在夜风里浮动，金宁深吸了一口气，白天灌满全身的疲乏和倦怠慢慢被稀释。

金宁跟着阿川，路过一丛丛植物。

而阿川走过的地方，都会引起一阵骚动。丧尸们从静谧睡眠中苏醒，纷纷和他打招呼："嗨，阿川，晚上好。"

"晚上好！"他问一个头上长满了麦穗的半尸，"你的头还疼吗？"

麦穗半尸摇摇头，高兴地说："不疼啦。你给我除草真管用，杂草没了之后，我就精神多了。就是麦子快成熟了，到时候怎么办呢？"

"到时候我给你摘下来，磨成面粉，加上糖，做成面包。然后你可以拿给爱丽丝吃。"

"好的！"

又走几步，一个几乎佝偻成弓形的老年半尸问他："阿川啊，你找到我的她了吗？"

他是如此老朽，脸颊上的肌肉萎缩成了一张皮，骨架细脆，仿佛随时会倒下，摔成一堆碎肉。但他头上却长着一丛异常鲜艳的玫瑰，红白粉均有，花朵硕大，沉甸甸地弯下来，像垂帘一样挡住他脑袋的上半部分。

金宁仔细打量起来，透过花帘，发现老半尸的眼神很悲伤。

阿川却哈哈笑道："老朱啊，别着急！我已经在打听啦，你也知道，这座城市这么多生还者，不容易找呀，但会找到的！你好好活着，别让玫瑰凋谢。"

"嗯，"老半尸点头，"我要亲手送给她哩。"

走远之后，金宁悄悄问："这个老……老爷爷是要找谁呀？"

"一个死人。"

"噢，也是半尸啊。"

"不是半尸，"阿川转头看着她，"是死人。真正的死人。"

金宁"啊"了一声，明白过来，再扭头看那个老半尸。灯影重重里，看不清人，只有怒放的玫瑰。

他们几乎横穿整个城东区，才来到了今晚的目的地。

"这里？"金宁左右看看。这是一处荒废的公园，断壁残垣在夜色里铺展，四周零散地站着许多半尸。公园中央有一个浅湖，倒映着月亮，夜风吹来，水面的月影也随之荡漾。

湖面上除了月亮，还有一棵三四米高的树。

这棵树从湖中心冒出来，枝繁叶茂，硕果累累。那些金色的果子在枝头悬挂着，让一些树枝都弯垂到了湖面，风一吹，枝头便在水面啄出一圈圈波纹。

金宁穿过半尸们，走近湖边，才看清树上结的都是橙子。只是这棵树比寻常的橙子树更高大繁茂。

"我们来这里干嘛？"她问阿川。

"来给一个朋友办葬礼。"

金宁看向四周的半尸，问："哪一个呀？"

"在湖那边。"阿川指向湖心的橙子树，"他快死了。"

"这棵树？"金宁诧异道，"不是长得好好的吗？"

"你跟我过来。"阿川说着，卷起西装的裤腿，涉水走向湖心。金宁穿的是裙子，有些犹豫，但看到阿川走到了湖中心，水也只漫到他的脚踝，才放心地提起裙子，跟了过去。

湖水冰凉，金宁穿过了水中的月亮，一直走到湖心。她站在阿川身旁，抬头看到满树的橙子，一个个金黄饱满，感慨道："原来你每天带到办公室里的橙子，是在这里摘的。"

"是啊，但今晚是最后一次了。"

金宁有些诧异，看向阿川，却发现他没有看头顶的硕果，一直低着头；她也顺着他的目光看去，隔着微微晃动的水面，她看到了一张苍灰色的脸。

这本应是恐怖片里的画面。但如此良夜，月光伴着植物的清香，波纹晃荡，旁边还有阿川默默地站着，她一点儿也不觉得害怕。她

宿 主

弯下腰，看得更仔细了。

那是一张男人的脸，因为被许多根须包裹，看不出年纪。男人静静地浸泡在水里，口鼻并未冒气，眼睛却还有生机，间或一眨，与阿川对视着。

"我来送你啦。"阿川说。

男人张了张嘴，动得很慢，连水波都未带动。

金宁听不到声音，阿川却点了点头："我知道，我还带了帮手。"说着，他掏出一个布袋，递给金宁，"帮我接着。"

他把西装袖子也挽起来，顺着树干爬上去，摘下一个橙子。金宁连忙提着布袋，接住他扔下的橙子。他们一个摘，一个接，摘到二三十个橙子的时候，布袋就很重了，金宁提回岸边，倒在地上，又小跑回来继续接。她已经顾不得提裙子了，裙摆被打湿，贴在她光洁的小腿上。

月亮偏西的时候，他们总算把橙子摘完了。金宁有些累，倚着树干微微喘气，低头一瞧，发现水里那双眼睛正与自己对视。隔着水波与树根，男人苍白的嘴角微微扬起，像是在笑。

她再抬头，阿川也在笑。

"你们笑什么？"她问。

"他说，"阿川指了指水里的脸，"你走光了。"

金宁吓一跳，连忙跑开几步。水花溅起来，水里的月亮忽散忽聚。

"但你不用难为情，他说他没有偷看，你走光的时候他都闭上了眼睛。"阿川低头把袖子整理好，再抬头时，笑容已经消失，正色道，"他没有说谎，这个我知道。而且他快死了，看与没看，都没什么区别。"

金宁这才放下心，但还是提着裙子走到安全的位置，问："他怎么了？"

"树长得太茂盛，汲取了太多营养，他撑不住了。"

金宁恍然——原来水中的男人也是半尸。只不过别的半尸都是头上冒出花草藤条，像是一个个盆栽，他却长出了一棵茁壮的橙子树。树的根须顺着他的脑袋包裹了他的整个身子，扎进腐败的血肉，穿出来后又深深植根于湖底，才让橙子树一直屹立。

"怎么不把枝条剪掉？"

阿川摇头："他不愿意。病毒爆发时，他出门给儿子买橙子，但还没等他回去就被丧尸咬了，也成了丧尸。等他被彼岸花试剂治疗好，身上就长出了橙子树，他很呵护，从树苗到现在这样，只花了三年，而且每个季节都在结果。他让我把橙子分享出去，不愿意停止结果。"顿了顿，他又补充说，"不过你也不用介意，虽然橙子的养分是从他身体里汲取的，但都是正常的橙子。"

金宁点头。她倒是不怎么忌讳，毕竟橙子是在枝头挂果，是物质和能量循环的一部分。她好奇的是另一个问题："那他儿子……"说到一半，自知失言，便停下了。

但她还是看到了水下半尸的眼神。

他眼角微皱，灰色的瞳孔里透着哀伤。湖面上，树叶被风扰动，发出低沉的簌簌声。一两片叶子被吹落，打着旋儿，最后在水面静静漂着。

阿川说:"别难过,你们很快就会见面了。"

水下半尸的眼睛眨了眨。半分钟后,他闭上眼睛,然后再也没有睁开。

秋天的时候,金宁又去了一趟城东公园。在那片浅湖的中央,橙子树仍在,只是已经不再结果实了,树叶也被秋风熏黄,一片片落下。四周不时有衣衫褴褛、举止木讷的半尸游弋。

看到这萧条的景象,金宁叹息一声。

再往后,就一天冷似一天。不知怎么回事,秋风泛寒时,金宁就有一种不祥的预感。

刚开始时她以为这是对自己的预感。因为一个秋风吹拂的晚上,她下班回家,刚要开门,就听到身后传来一声颤巍巍的呼喊:"宁宁……"

她转过身。

街对面走来两个人影,右边那个一瘸一拐,因此需要左边的人搀扶。这条街明明很短,但他们似乎生怕金宁会突然消失,步子很快,几乎是小跑。

在他们走过来的半分钟里,金宁的确动了"赶紧开门进屋,然后把屋门关紧"的心思。她最终没有行动,是因为刚要进去时,就被一只冰凉的手拉住了。

"放开!"即使不回头,她知道这只手的主人是谁,低声喝道。

身侧果然传来阿川的声音："能躲一辈子吗？"

"我自己的家事，不要你管。"

"你都说是家事——既然是家人，总要解决。"

她一怔。

这一耽误，那两个人影已经走近。灯光洒在这对夫妻的头上，照出了点点斑白，尤其是瘸腿的男人，右边鬓角几乎全白。

金宁已经不记得上一次跟父母见面是什么时候了，但印象里，他们没有这么苍老。

"宁宁，"父亲尽量站直，但肩膀还是有些倾斜，"你……"

"真是老套。这种场合见面，就真的没什么别的对白吗？"金宁心里想，但自己也不知道说什么好，侧过头，避开他们的目光。

倒是阿川突然爆发出的声音让三个人都吓了一跳。

"哈哈，哈哈，在门口愣着干嘛？哈哈，哈哈，进来吧。哈哈哈哈。"阿川一边夸张地笑，一边开门让他们进去。

进屋后，父母都有些拘谨，金宁也从没觉得这间屋子这么陌生过。阿川却像是到了自己家，招呼几人落座，端出茶水；见他们坐得远，还催促着让大家凑近些。金宁一家都不知道怎么说话，他就主动拉起家常，问起金宁父母的近况，抱怨天气，聊着聊着还发现有共同认识的人，就聊得更来劲了。

金宁在一旁看着，有一种魔幻感。这种"温馨"的场景，她以为与自己绝缘，没想到在一个丧尸的张罗下，竟这么顺理成章地发生了。她没有觉得突兀和厌烦，反而有些……心安。

不知聊了多久，也不知道在结束了哪一个话题后，父母起身离开。临走前，他们留下了一个盒子，转头看着金宁，张了张嘴，最终却什么也没说，相互搀扶着离开了她的家。

阿川也有些困了，拍拍她的肩膀，打着哈欠离开了。

他们走后，屋子重回寂静。金宁坐在桌子前，过了很久才把上面的盒子打开。

盒子里装满了糖果，纸衣都色彩绚丽，让她露出一丝苦笑。真是，还把自己当小孩子。但用手拨拉了下，发现糖果里面藏着一个布娃娃。娃娃的颜色已经泛旧，但看得出经过了很好的保养，时隔多年，也能看出它的精致与可爱。

金宁突然掩面低泣。

下篇

一

金宁给阿川发消息问他在哪儿，得到的回复是城西入口的高楼天台。等她吭哧吭哧爬到时，天色已晚，斜阳垂在地平线上，光线昏黄，斜照着这座正在逐渐重生的城市。

阿川坐在天台旁，腿伸在外面，一晃一晃。他右边还有一堆橙子。他不紧不慢地剥着橙子，吃完后，把橙子皮放在左边。金宁来得晚，他已经吃了有一会儿，左边的橙子皮比右边的橙子堆起来还多。

金宁不敢像他这样凌空坐着，小心坐到他斜后方，也开始剥着橙子。

犹豫一番后，她说："对了……"

"不用谢。"阿川头也没回。

那便没什么要多说的了。

他们沉默地坐着。从金宁的角度看阿川，是逆着光的，因此只能看到那一丛忘忧草都浸没在光辉里。到了深秋，不仅阿川无精打采，他头上的草叶也恹了不少，耷拉着。

"你的草是怎么回事？"金宁问，"生虫子了吗？"

"是营养不良。"

金宁想起了那棵在湖水中枯败的橙子树，心里一惊，问："那要给你施肥吗？"

阿川转过头来，但面孔依然被光辉笼罩，看不清。他说："我这丛草有点不一样，当我难过时，它才会长得格外茂盛。"

"但你不是一直很乐观吗？"

"是啊。它以忧伤为食，往往我还没来得及难过，就已经不难过了。"

"听起来，真让人……羡慕。"

说完后，金宁又想：这真的是值得羡慕的事情吗？不管他有没有负面情绪，那些令人难过的事情终归是发生了的。忘忧草这么一直生长，说明其实他每天都会忧伤。是啊，他这么敏感、洞察人性的人，怎么会察觉不到别人对他的敌意呢？他并非不在乎，而是忘忧草让他永远乐观，但只是情绪上的麻醉剂。

她又记起了在广场上看到他头顶发亮的画面。那一声名字的响起，必定引发了他前所未有的悲伤。

她刚想问，阿川突然站了起来，朝天台下探出身子。

金宁吓一跳，连忙拉住他，却发现他并不是要跳下去，而是努力看向楼下的街道。

夕阳只剩下一条微弱的金边，而路灯还未亮起，因此四周光线昏暗，只能看到街上有几辆救援车在慢吞吞地行驶，后面跟着一大群衣着破烂的半尸。这些半尸显然是新一批生还者，治愈程度很低，举止木讷，即使跟着救援车，也有不少会撞到路灯或墙壁上。而在金宁的视角，只能看到密密麻麻的枝叶花草，像是无数盆栽挤在一起，向前蠕动。

这是福音城里常见的景象。每隔一阵，救援队就会带回数量不少的半尸，并不稀奇。但阿川却与平常截然不同，不仅不顾危险地往下探，头上的草叶也在簌簌抖动。

几秒后，他突然转身往楼下跑。

"等等，你怎么了？"金宁拉住他。他的手也在颤抖。

"我看到她了！"

这一瞬间，金宁脑中已经闪过了三个字，但还是下意识地问："谁？"

"小弦。"

她放开了手，阿川蹿进楼梯口就没影了。金宁也连忙跟下去，在街拐角看到了正在半尸群里扒拉的阿川，她也过去一起找，但两人找到半夜，都没有在这群半尸中找到他口中的小弦。

"可能是你看错了，"金宁说，"天色这么暗，人也多，又有植物挡着，很容易看错。"

阿川却坚定地摇头："不可能，我不会认错小弦。"

金宁从未见过他这样的表情——惊喜、坚毅，又有些彷徨。她也被阿川的情绪感染了，点头说："她既然已经进了城，肯定找得到。明天我也帮你找吧。"

第二天，阿川请了假，金宁也去跟主管请假。主管有些迷惑，问起事由，金宁便告诉了他昨晚发生的事情。

主管听完，沉默了好一会儿，才说："你知道阿川的身份吗？"

金宁迟疑地摇头，又说："但他对设计这么在行，在感染前，应该是建筑行业的吧？"

"不，他不只是对设计在行，你跟他接触这么久，没发现吗——他对任何事情都在行？"

"嗯……"金宁联想起阿川的种种行为，点点头，"音乐、摄影，我有一次还看见他帮生还者做木工。"

"还有绘画，甚至编程。一个人不可能掌握这么多技能，我想，这些能力应该是他成为半尸之后获得的。"

"但……半尸还有学习能力吗？"

　　主管说:"即使有,也学不了这么多。我想,这些能力跟他头上的草有关,我查过,虽然阿川叫它忘忧草,但根本不是我们常见的黄花菜,甚至不是百合科。我拿他头上的叶子去化验,你猜从叶片里发现了什么?"

　　"什么?"

　　"辐射。"说完,主管又摇摇头,"其实也不是辐射,更像是某种信号。我们的设备没法破译,但看起来,他似乎能通过这株草向其他半尸发送信息。"

　　金宁思索道:"但他没有恶意。"

　　主管点头:"所以我才没有上报,把这事瞒下来了。不过你说要帮他找人,我还是得提醒你一下,他的身份可能跟你想象的不一样。"

　　绕了一大圈,金宁才听到重点,急忙竖起耳朵。

　　"他是个杀人犯。"

　　哪怕金宁做好了心理准备,听到这句话也愣在当场,重复了一遍:"杀人……他杀人?"

　　"我问过了找到他的搜救队员,找到他的时候,他脚上有脚链,死刑犯的脚链。只是生锈了,很容易被打开。"

　　"他杀了谁?"

　　主管摇头:"这我就不知道了。他自己也想不起来,每次我问起,他头上的忘忧草就会发光——你也看到这个景象了吧。说明一想起,他就会格外悲伤,忘忧草跟着吞食他的悲伤,和他的记忆。

而提起他的小弦，也会发生同样的景象。"

最后，主管意味深长地看了金宁一眼，说："所以，他跟小弦之间，一定有什么悲伤的故事，还涉及了杀人。要不要真的找到小弦，你……再考虑一下。"

金宁坦然地抬起头，与他直视："这不是我考不考虑的问题。找到了小弦，他可能会悲伤，找不到的话，他会死的。"

"我不是说他，我是担心你……"但主管最终没把话说完，末了，补充道，"别耽误了工作。"

二

他们找了一天，但福音城太大，布满半尸，根本找不完。金宁建议先去搜救队问，但得到的回复是：搜救队也不知道。半尸太多，一进城就被各个施工队给拉走了。有些甚至是走到一半就失散了，在城里游弋。

"不是还要做治愈评级吗？"金宁有些生气，"怎么都不登记一下？"

搜救兵抽完一支烟，踩灭烟头，撇撇嘴道："姑娘，你是站着说话，那也得可怜可怜我们腰疼的人吧。你知道这城里有多少医生？不到一千个。他们要负责几十万人的健康呢，上个星期我咳嗽得差点把肺吐出来，都排不上号。"顿了顿，他又抽出一支烟叼上，"半尸我不知道具体数量，但一千万肯定是过了，还在不断地往回拉，一趟就是成千上万，怎么一个个登记、一个个评级？还不是看哪个聪明，就拉出来问问。其余的嘛，都是一级，拉到街上去干活就行了。"

"你们太不负责了！"

救援兵深吸一口气，香烟一下子烧掉了一半。"我不负责任？"他喷口气，烟雾从他的鼻子里冒出来，"那些被丧尸咬成碎片的人，连被治愈的机会都没有了的人，谁对他们负责？"说着，他揪住一个路过的半尸，把烟头按在他脸上。

腐肉被烧焦的气味弥漫开来。半尸却毫无反应，只是挠了挠头顶杂乱的菠菜叶，嘴里咕哝着什么。

金宁气得浑身发抖，把那个丧尸拉过来，拍掉他脸上的烟头，对救援兵怒道："你就不怕'彼岸花2.0'研发出来后，他们恢复成了人类，来收拾你？半尸可都是有记忆的！"

"2.0？"救援兵更加不屑，"看来你真的什么都不知道。"说完，也不再理会金宁，径自走了。

金宁一转身，发现阿川已经不见了。在听到新来的半尸没有登记的时候，他就离开了，一秒钟都没浪费，继续去寻找小弦。

第三天，阿川和金宁依旧请假。办公室其他人拉着金宁问，金宁便把请假的原因说了。结果除了赵平，整个办公室都请假去帮阿川，在城里到处问人。

他们只从阿川那里得到了关于小弦的零星线索：一米六八，一头长发，瓜子脸，很漂亮，眼神清澈，声音脆而有穿透力……

听完后，大家面面相觑——且不说这些描述太过抽象，就算能一眼辨别，那也是她在人类时的特征，现在成了半尸，多半也皮肉腐朽，面目全非了。

金宁一拍脑门，说："你不是看见过她在半尸群里吗——她头上的植物是什么？"

阿川仔细回忆，说："当时有点暗，但我记得，应该是一株郁金香。"

这样范围就窄多了。接下来，郁金香成了城里最常出现的词，人们四处问："哪个生还者头上有一株郁金香？"除了人，一些治愈程度高的半尸也在努力帮着寻找，在所有显眼的地方贴寻人启事。

福音城虽大，但这样一传十、十传百地寻找，消息也很快传遍了全城。据说连市长走在街上，都被一个半尸拉住了袖子，问："你见过一朵郁金香吗？"吓得他身旁的保镖连忙抽出枪，将这个倒霉的半尸射成了筛子。

在金宁的概念里，这样密不透风的搜寻网撒下去，找出小弦应该只是一两天的事情。但出乎她的意料，整整一个月过去了，小弦毫无消息。郁金香也像是在城里绝迹了，说来也奇怪，半尸们这么多，每个头上都长着千奇百怪的植物，就是没有一株郁金香。

"会不会……"金宁犹豫着道，"真的是看错了？"

如此声势浩大的搜寻，并且持续了一个月，都毫无结果，让阿川的语气也不像在天台时那样坚定了。但他沉默良久，他还是摇头道："我可以看错很多人，但小弦，真的不会……我们再找找吧……"

最后几个字，已经带着哀求的语气了。

　　这是他从未有过的模样。金宁看着他，他比以前瘦了不少，脸颊上的肉也更显灰暗，头发枯黄，与草叶混在一起。原本郁郁葱葱的忘忧草，现在耷拉下来，有几片叶子的底部都露出了黄色。

　　半尸与植物是共生的，其中一个死亡，另一个也活不了。所以，从这些现象中可以看出——阿川的生命在消逝。

　　金宁知道自己应该劝他休息，但看着他那深邃枯黑的眼睛，最终也只能点头，说："嗯，我们再找找。"

　　金宁和阿川在继续，其他人却逐渐放弃了。"你看错了。"他们对阿川说，"不要再执着了，冬天快来了，北方的冬天很冷的，我们要准备御寒。"便各自回到工作岗位上去了。

　　让金宁感到惊奇的是，跟她一起坚持寻找的，除了半尸们，居然还有赵平，和自己的父母。

　　"别看我！"还没等她询问，赵平就先开口了，"我欠这个家伙一棍，找到的话，就当还清了。"

　　至于父母，她没有去问，他们也没有解释。这两个老人，就站在冬天的寒风里，彼此搀扶，拿着印有郁金香图像的传单，问每一个路过的人。

　　结果金宁父母还真找到了小弦。

三

　　金宁也是后来才知道事情的经过。

　　父母帮着发了一天传单，还挨个搜查了好几个街区的半尸，到下午，才又互相搀扶着，回到了城中心。他们毕竟还要活下去，得靠劳动来换取贡献点。

但路过一个院子时，父亲突然停下了脚步，看着不远处正在分拣垃圾的半尸。

那个头上长满荆条的半尸显然是新来的，只经过简单培训，两手在垃圾桶里乱翻，嘴里还喃喃念着："干……湿……"

母亲说："怎么了？别说这个生还者了，我们也没学会垃圾分类啊。"

父亲摇摇头："不是他——你看地上。"

地上除了被半尸翻出来的汤汤水水，还有不少杂物。父亲走过去，不顾脏污，从一片污秽里夹出一片花瓣。

郁金香的花瓣。

母亲愣了几秒，也摇头："没这么巧吧？"

父亲蹲下来，问那个正在分拣垃圾的半尸："这个垃圾桶，是谁家的？"

半尸在汤水里捞着，捏出一个小铁环，笑嘻嘻地递给父亲，然后指着自己头上的荆条，含糊地说："结婚……挂……"

父亲帮他把铁环串在荆条上，发现上面已经有了不少戒指、钢圈之类的物件，但都锈蚀了。他又问了一遍，半尸才指着街对面的院子，说："那……那里……"

那是一座占据了半个街道的大院，院墙高耸，大片爬山虎在墙壁上蔓延。整条街空旷无人，住宅稀少，能产生这些生活垃圾的，也只有这个看起来有些奢华的宅院了。

父母对视一眼，来到院门口，敲了敲门。敲了几遍后，门才被拉开了一道缝，露出半截鼻子和一只眼睛。其实门缝已有巴掌宽，但只看得到这部分脸，因为里面的人实在太胖了，胖到这只眼睛都快被肥肉淹没了。

父亲觉得有些眼熟，很快认出——这不就是施工部的负责人罗伯特吗？

施工部肩负着福音城的修复工作，是肥差，罗伯特又精于奉迎。能拥有这座宅院不稀奇。父亲还未说话，母亲就拿起那片郁金香的花瓣，问："罗先生，这片郁金香是你丢出来的吗？"

"不是。"门向里合拢了几分，光线幽暗，裹住了罗伯特的表情，"还有，我是叫罗伯特，但不姓罗。"

说完，他就关上了门。

金宁的父母本也不是死缠烂打的人，闻言准备离开。但路过那个分拣垃圾的半尸身边时，斜晖铺洒，垃圾堆中某个透明的物件正闪闪发光。母亲以为是玻璃，走过去一看，发现竟然是避孕套。

用过的避孕套。

里面有微微泛黄的粘稠液体，最诡异的是，液体还浸泡着一片花瓣，依然是郁金香。

母亲又恶心又困惑，抬头看着父亲。父亲眉头紧皱，皮肤缩成一连串的山峦。

这天以后，他们就没再来帮金宁和阿川发传单了，而是蹲在罗伯特家的院子附近。天气越来越冷，他们躲在角落里，瑟瑟发抖，但这种辛苦很快换来了成果——他们发现，罗伯特倒出来的垃圾，隔几天就会出现一瓣郁金香。这至少能证明：罗伯特之前向他们说了谎。

于是，在某个寒风萧瑟的上午，罗伯特出门后，母亲悄悄爬进了这个院子。

"你小心些。"父亲扶着墙，担忧地望着老伴。他更想自己进去，奈何腿受了伤，翻不了这么高的墙。

母亲战战兢兢地抓紧墙头的砖和爬山虎，说："没事，你就在外面等我。"说完，就慢慢翻到墙内。

过了好一会儿，父亲才听到里面传来了落地的声音，以及一声闷哼。

他刚要问，里面传来了母亲的声音："我进来了，很顺利。"他这才放心，左右看看，提防有人过来。

墙里，母亲忍着小腿上传来的剧痛，一瘸一拐地走过宽阔的院子。院子最里面是一栋二层楼房，虽然久未打理，墙壁上沁出青苔，但依旧看得出原先的奢华。院子里格外安静，只有冬风裹挟着枯叶，在青石地板上摩挲，沙沙作响。

母亲推不开屋门，便绕到窗边，扶着窗沿往里看。里面很乱，衣服裤子丢了一地，倒符合一个独居男性的身份；床上还躺着一个人，看身形很纤细，应该是个女性。母亲眯眼瞄着。她视力不太好，瞄了许久，终于看到床上那人灰暗的肤色，以及她头顶长出来的花草。

那是一丛近乎枯萎的草叶，软软地垂在床沿。叶间夹杂着两朵花，一朵白色，一朵红色，都是郁金香。

再后来的事，金宁亲眼见证了。

收到母亲的消息时，她刚回到办公室。这些天她一直跟着阿川在城里四处搜寻，工作落下许多，主管也渐渐不耐烦了，叫她回来谈话。她敲开主管的办公室的门，走进去，主管才语重心长地说了第一句话，金宁就感觉到手机震动了，掏出来看了一眼。

主管顿时面露不悦，刚要发作。

金宁扭头离开了办公室，主管在后面喊了一声，她也没听到；走到楼下时，正好迎面碰到右手哥。右手哥见她脸色通红，呼吸急促，拉住她问："你怎么了？"

她这才反应过来，急匆匆地说："找到郁金香了。"

"啥？"

"郁金香，我妈找到了！"说完，金宁匆匆下楼。

在她身后，右手哥愣了两秒，随后转身冲进办公层，刚进门就大吼："找到郁金香了！"

每个显示屏后面都探出一个脑袋，震惊地看着右手哥。右手哥不得不重复了一遍。随后，地板上一阵轰隆隆作响，所有人蜂拥而出，跟在金宁身后。

他们一边下楼，还一边齐声大喊："郁金香找到了！"其他办公室的人听到后，也跟着跑出来了。

打扫卫生的半尸马大姐，本来坐在楼梯口发呆，也迈着僵硬的步子，混在人群里。

还有本来在保安室里嗑瓜子的保安，听到混乱声响后，以为是暴乱，吓得连忙把瓜子护在怀里；待听清后，他们一把扔了瓜子，紧跟过去。

办公楼的高层里，主管正坐在电脑前，愤怒地敲着对金宁的惩罚通知，刚开了个头，一扭头，就看到窗外街头的人潮。

从办公楼涌出的，刚开始时只有七八十人，但他们整齐地喊着什么，街上的其他人也陆续加入。

但数量最多的，还是半尸。人群的口号仿佛是某种召唤，不管半尸是在散漫地游弋，还是不知疲倦地为人类劳作，一听到那句口号，就放下了手头的一切，会聚到人群周围。人类只有一两百人，而一条街没走完，会聚的丧尸都近千了，成了真正的洪流。

隔着玻璃，主管听不清他们在喊什么，于是他打开了窗户。高处的风混着声音一齐涌进来，他不得不把头伸到窗外，才听到那六个字。于是主管也连忙跑出办公室，跟在浩浩荡荡的人群和半尸群后面。

金宁给阿川打电话没打通，找了四条街才看到他。

他站在路旁，拦住了一辆公交车，上去之后不到五秒，就被轰了下来。能坐公交的只有人类，设计部这边跟阿川熟悉一些，其余的人依然对他抱有敌意。他却毫不气馁，又准备拦下一辆公交，这时，他转过头，看到了迎面扑来的人潮。

　　"找到啦！"金宁气喘吁吁地对他说，"找到了那朵郁金香了。"

　　阿川的身影有一瞬间的定格。这个冬天，他憔悴了许多。本来，"半尸"与"憔悴"，这两个词是很难联系在一起的，因为他们并未完全复苏，脸上的血肉依旧保持着腐变的灰青色，干巴巴地黏在骨头上。但从精气神上，他的"憔悴"有目共睹，眼珠像是蒙了灰尘，头发乱糟糟的，忘忧草枯萎衰败，身上的西装也很久没洗了，下摆都出现破洞了。一阵寒风从他的领口钻进去，整个西装都鼓荡起来，令他看起来胖了一圈。

　　但他这幅潦倒的模样，长久地看着金宁，竟慢慢地笑了。金宁被看得脸红，后退一步。

　　"谢谢你。"他说。

　　"我……"金宁低下了头，过了好一会儿才想起要紧事，连忙说，"是我妈找到的，但我现在联系不上她。"

　　好在父亲是可以联系上的。父亲让他们来到院外，隔得老远就一瘸一拐地跑过来："你妈进去快两个小时了，一直没动静，我也爬不进去……该不会是出什么事了吧！"

　　金宁连忙拉起他的手，让他不要担心，又问这是怎么回事。父亲便把这几天的发现说了。金宁听后，眉头紧皱："罗伯特……"

　　在她听到的传闻里，罗伯特对半尸一直有着奇怪的癖好。这一点，其他人也知道。沉默在人群里蔓延。半分钟后，右手哥突然大声道："都闪开，让我来！"

　　说完，右手哥就冲到院门口，抬起他的大脚猛踹。

咔嚓，腿骨应声而折，右手哥摔倒惨呼。安娜连忙跑过去抱住了他，又回头对其他人喝道："你们愣着干嘛，帮忙啊！"于是人群朝前涌动，在主管的协调下，一下一下地以肩撞门，越来越用力，铁门终于不堪重负，被整个撞倒。

人们涌进去，偌大的院子却空空荡荡。金宁眼尖，在房屋与院墙的拐角处看到了母亲。母亲坐靠着，昏迷不醒，额头有瘀青。

金宁连忙过去扶她，掐了一会儿人中，母亲才悠悠转醒。

"快，郁金香被罗先生抢走了，快去救她！"母亲一醒过来，便惊慌地道。

父亲凑过来，问："别急，说清楚。你真的看到郁金香了吗？"

母亲吞了口唾沫，说："是啊，我看到她被罗先生——"她余光瞟到了阿川，后半截话便被吞了回去，"是她，头上长了一束郁金香。我刚告诉你，罗先生就回来了，要把她带走，我去抢的时候，被他打到了脑袋……"

接着，有人看到后院的车痕，明显是刚碾出来的，一路向城外蜿蜒。

"走，"主管大声说，"把郁金香给阿川抢回来！"

人群中，回应他的只有设计部的几十人；但半尸群里，阿川一动，所有半尸都随之涌动，裹挟着所有人向城外挪去。

他们是靠追踪车辙行进的，但路面硬实，到了繁华路段后，痕迹便被遮得七零八乱。这种情况，要是人类，根本就追不了；却有一个脑袋上长满斑斓蘑菇的女半尸走出来，趴在地上嗅了嗅，然后木讷地伸出手，指向南边。

阿川感激地看了她一眼，率众往南走去。

"真的信她吗？"金宁听到背后有人嘀咕，"看她那傻乎乎的样子，恐怕只是一级治愈者吧。"

"阿川信她，有什么办法？"

于是，在女半尸的指引下，大家都往城外赶。但阿川担心太慢，于是主管找了辆车，载上女半尸，阿川、金宁和金宁的父母则在后排挤着，循着味道，一路开到郊区。人群被甩到后面，消失在冷风中。

汽车穿过废墟，轮下渐渐柔软，最后来到了一片偌大的废弃厂区前。

罗伯特的车果然停在厂区入口。

主管摸着下巴，一副若有所思的样子："一级治愈者还有这种能力……看来我们对半尸的评价体系，还有很大改进空间啊。"

阿川跑到车窗旁，里面空无一人；摸了摸坐垫，却余温犹存——不用说，罗伯特他们肯定是躲进了这片废弃厂区。

金宁抬头打量，看到厂区里布满断壁和破碎的砖瓦，建筑倾圮，最高的墙都只有三四米。因没有修整，蔓藤和小树也从墙根和水泥地面冒了出来，只是在这个季节，都成了枯枝，格外萧索。四周静悄悄的，只有冬风肃肃，头顶阴云汇聚，午后的阳光微弱又暗淡，铺洒而下后，又被断墙割成了一截一截的。

女性半尸又嗅了嗅，她的蘑菇全部张开，却依旧眉头紧皱。"闻不到吗？"阿川问她。她的声带依旧是腐朽的，无法发声，只能点头。没有了她的指引，几个人只得分开，搜寻每一堵墙。

金宁搀扶着母亲，母亲小声跟她说了在罗伯特房间的见闻。联想到垃圾桶里的避孕套，以及此前和罗伯特接触时，他流露出的对尸体的独特癖好……金宁先是一阵愤怒直冲脑门，耳颊通红，再扭头去看阿川，看到他在每一堵墙后探头探脑地寻找，还因步子太快而被绊倒，心里的怒火便慢慢熄灭，成了柔软的灰烬。

她让父亲扶住母亲，走到阿川身边。

"你……你别担心，"她说，"你会找到她的。"

"是的，我会的。"他又绊了一跤，爬起来后拍拍手，"她出现的那一刻，我就知道会找到她。生而为人，是有很多事情可以期许的，而这些事情都会实现。"顿了顿，他说，"只是，见到她后，我就再也不会难过了，头上这丛忘忧草，恐怕也会枯萎吧。"这一刻，他因不会忧伤而忧伤起来了，忘忧草有了精神，但又像只是被风吹了起来。

金宁突然想起，植物和半尸是共生的，要是忘忧草枯萎，阿川也会彻底死掉吧。

她不知说什么好，讷讷地点头，跟他一起寻找。

天气愈加阴郁，最后一丝阳光都被厚厚的云层遮住了，风更冷了，刮过墙壁的时候，带出一阵尖锐的啸声。也就是在这时，他们终于找到了罗伯特，以及被捆得很结实的郁金香。

四

额头有点凉。

金宁摸了摸，指尖有微微湿痕，她一愣，抬头发现空中正落着细细的雪粒。这个冬天终于到了最冷的时候，云层又低又厚，冷风打着旋儿，一会儿在阿川这边游荡，一会儿又拂过十几米外的罗伯特和他的小弟们。其中一个小弟提着塑料桶，看起来凶神恶煞。

除了血，空气中还有一丝别的味道。金宁嗅了嗅，心头掠过一丝不祥。

"嚯，还真被你找到了。"罗伯特裹在一件褐色大衣里，缩着脖子，貂皮大帽几乎把他的整个脑袋罩住，"狗鼻子啊，跑这么远都能追过来。"

阿川却没有看他，一直盯着他斜后方的半尸。

想必那就是他口中的小弦了。金宁眯起眼睛，好奇地打量着她，却并未发现小弦有什么独特之处——她已经严重尸化，面色青褐，且消瘦。她似乎不怕冷，在雪天里也只穿着单薄的白色长裙，裙摆脏污，还有不少破洞。她像所有一级治愈者一样，有些呆滞，即使被捆住，脑袋也在微微晃动，似乎完全不知道所处是何种境地。

这样也好，金宁想，那小弦就不会知道自己遭受了怎样恶心的侵犯。

唯一将小弦跟其他半尸区别开来的，是她枯发间的那一丛郁金香。虽然花朵也萎靡耷拉着，但白和红的色泽依旧鲜明，像是专门别在头发里的装饰。

冷风一起，郁金香和头发一起摆动，露出了小弦的眼睛。

"小弦，"阿川上前一步，声音罕见地颤抖着，"小弦，你……怎么样？"

小弦抬头，也在打量着阿川。

"你不记得了吗？"阿川慢慢走过去，"我是阿川啊，我们被丧尸追到河边，一起跳了下去。我被冲到河岸，遇到了丧尸，你一直向下漂……你还记得吗？"

他轻柔的语调好像在小弦脑袋里唤醒了什么。小弦由木讷变得激动，扭动身子，想摆脱绳索捆缚，但挣不开。她张大嘴，发出奇怪的啸声，拼命向前挪。

然后，她摔倒了。

是罗伯特揪住了她的头发，将她拽倒的；她想爬起，又被罗伯特的小弟们按住，她挣扎着，其中一个小弟狠狠一巴掌扇过去。一支郁金香被打断，花瓣跌入薄雪。

"嘿！我说，"罗伯特摘下皮帽，拍着上面的雪屑，"你们你侬我侬的时候，就真的没注意到，还有一帮反派在这里？"

"你……你不要伤害她！"阿川还没说什么，金宁就紧张地道。

金宁的母亲也颤巍巍走过来，劝道："罗先生，你打我不要紧，但真的不要再做错事了。"

罗伯特烦躁地扔掉帽子，说："我跟你说了，我叫罗伯特，但不姓罗！而且我做错了什么吗？这些是丧尸啊，是杀过人的，我的孩子就是被他们活生生撕成了碎片！"

"他们是被病毒驱使才做出这些事的……不能怪他们。等新的'彼岸花2.0'试剂研发出来，他们就能被治愈，到时候还是我们的同类。"

"治好？"罗伯特对金宁母亲的劝说嗤之以鼻，一把拽起小弦，"看来你们真的什么都不知道。"

这句话已经是金宁第二次听到了。她皱着眉头，问："你在说什么？"

"'彼岸花2.0'早就研发出来了，只是不给他们用而已！"

"胡说八道。"

罗伯特的目光从金宁、金宁父母、阿川和嗅觉灵敏的女丧尸身上一一扫过，最后，落在了一直没说话的主管身上。"你说，我在胡说八道吗？"他讥笑道。

主管依旧没说话。

但这时的沉默，所代表的含义截然不同。金宁难以置信地看着主管，尽管她读出了答案，还是下意识地问："他说的，是真的吗——为什么？"

"因为这些半尸很好用啊！"还是罗伯特在说话，"世界被丧尸拉进了深渊，好几年没生产，设施都坏了，要是所有人都恢复过来，资源根本不够消耗。半尸虽然笨点，但听话、肯干活，在这种时候把他们治愈，我们的好日子可就没了。与其让所有人都饿肚子，还不如让一部分人先吃饱，市长又不傻，肯定要把药藏着。"

金宁和父母被他的话惊得呆住了，转头去看阿川。阿川却似乎没听见，一直盯着罗伯特手里的小弦。

"你先放开她。"阿川说。

罗伯特说："不然呢？就你们四个人，两个半尸，能把我怎么样？"

他说得没错。阿川这边只有主管算个战斗力——但以他的立场，能跟过来就已经仁至义尽，指望他去跟罗伯特动手是不可能的。其余的，金宁和父母，以及那个嗅觉灵敏的半尸，加起来都打不过罗伯特这个大胖子。更何况，罗伯特身后还有七八个壮硕凶狠的小弟。

阿川没有贸然上前，说："我当然不能把你怎么样，但——"他顿了顿，"但你留住小弦，对你没有意义。我知道你恨丧尸，你带着老婆和儿子来中国，结果他们被卷进了尸潮。但很不巧，那时候人类正在抵抗丧尸的进攻，使用了导弹……他们连变成半尸的机会都没有……"

他每说一句，罗伯特身上的肥肉就会泛起一阵涟漪。他在颤抖，尽管咬紧了牙，死死握住拳头，但颤抖依然在他身上游动。他脸上原本是胜券在握的邪恶笑意，随着牙帮子快被咬碎，也变成了半疯半怒的癫狂。他吼道："别说了！"

"你记得那些场景。"

罗伯特道："谁他妈能忘得了！"

"是的，只要见到深爱的妻儿被尸潮裹挟，又在气浪中被撕成碎片，谁都不会忘的。"阿川看着他，语气越发缓慢，透着怜悯，"但这并不是丧尸的错。从那场轰炸中活下来的丧尸，即使现在被治愈，也

宿 主

记得那些画面。对所有人，那都是场噩梦。但那并不是丧尸的错。"

"不是你们的错是谁的错？！"罗伯特大喊，"我的儿子只有五岁，被一双腐烂的手抓走，我记得他被那堆烂肉淹没前的情形。他用眼睛看着我：'爸爸你怎么不救我？'你说，我怎么救他——周围全是丧尸啊，我一过去我也得死！"

阿川说："是的，你没有错。"

"既不是丧尸的错，又不我的错，那我孩子死了，到底是谁的错！"

"谁的错都不是。"

罗伯特勃然大怒："那你是说，我儿子该死了？"

"他并不该死，"阿川的声音近乎叹息，"他只是死了。"

罗伯特的愤怒凝固在瞳孔里。他愣愣地盯着阿川，一些雪花落在他额头，融化，慢慢流下。

"但他死了……"他喃喃道。

"在我们的认知里，世界是一个循环，有人闭上眼睛，就有人睁开眼睛。此岸的草枯萎，彼岸的花盛开，都是映照。失去的人去了远方，也不需要悲伤，你放不下，他在彼岸也不会开心。"

"所以他……他希望我放下吗？"罗伯特仰起头，更多的雪落下，一些湿痕从眼角滑出。不知是融雪，还是泪痕。

"是的。"阿川点头，"我去过彼岸，很阴冷，雾气很重。你的孩子在彼岸是一株植物，但如果他在意的人活在痛苦中，周围就一直是阴冷的雾。太阳升不起来，花也不会盛开。这么多年，你该放下了，他也该在阳光下生长了。"

"好吧，"罗伯特抹掉眼角的泪痕，在毛绒大衣上擦干，"谢谢你……我终于明白了，这些年，不是我在折磨半尸，是在折磨我自己……"

"悔过永远不晚。"

罗伯特点头，"我会为我做过的事情负责的。希望还来得及，我做的错事太多了……"

"你可以先从把小弦还给我开始。"

"好的。"

说完，罗伯特把小弦放开，解开她的绳子，低声道："对不起……"手一转，指向阿川，"过去吧，他找了你很久。"

小弦骤然被放开，有些无措。她扭了扭自己的手臂——被绳子捆得太紧也太久，即使血管早已坏死，也酸麻不已。她先是看看罗伯特，畏惧地往回退一步；又顺着他的手指，看到了阿川。她愣住了，头发在冷风中舞动，郁金香的茎叶也随之起伏，像是突然获得了生命。

她张张嘴，发出含混的声响，随即大步向阿川跑去。

金宁看到了她灰败脸颊上的喜悦，再转头看阿川，他那千年不变的脸上，也满是惊喜。他嘴角扬起，张开了怀抱，等着小弦扑来。他手臂张得如此开阔，像是要把小弦和整个冬天一起抱进去。这个冬天很冷，风呼呼地刮着，吹过两人之间。

那个提塑料桶的小弟拧开桶盖，上前一步。

这时，金宁又闻到了那阵怪异的味道。

宿　主

　　嗅觉灵敏的半尸也有所察觉，猛然抬起头，嘴里嘶嘶地说着什么。

　　金宁听不懂他的意思，但阿川显然明白了。他脸色骤变，向前扑去。

　　同时变脸的，还有罗伯特。他那宽阔的脸上，羞惭和懊悔的神色瞬间消失，嘴唇抿起，抿出一抹鲜红的上扬线条。他这么得意又残忍地看着小弦的背影，手伸进兜，摸索着，掏出一个火机；同时，前面的小弟抄起塑料桶，将里面的液体泼在小弦身上。

　　那是透明的液体，整个浇下，小弦浑身湿透。

　　金宁鼻尖上的气息猛然浓烈，因而也变得熟悉起来。一个名字跳进她的脑海——

　　汽油。

　　"小心啊！"她的喊声脱口而出。

　　阿川奔向小弦，穿过一片片落雪。但在他抱住小弦之前，罗伯特已经点燃了火机，扔向小弦。那一瞬间过得很慢，防风火苗在喷气口冒出，像是毒蛇吐信；它旋转着，划个弧线，撞到了小弦的后背。

　　火焰触碰她之后，就成了蔓藤的种子，疯狂汲取汽油中的养分，在小弦身上生长、蔓延、缠绕。从种子，到成为包裹她全身的赤红藤丛，只用了一瞬间。这一瞬过后，小弦身上腾起了熊熊烈焰，热气奔涌，四周的雪花立刻被融化，化成水汽升起。

　　阿川却不顾火焰，依旧向前扑去，想抱住烈火中的爱人。但这时，小弦在高温中似乎恢复了神智，站立不动，与阿川对视着。这对视很短，隔着火焰，隔着寒冬落雪，隔着生死之河，一秒即逝。

她在火中，摇了摇头，随后后退几步。

这个空隙也让金宁和主管反应过来，各自上前，一人拉住阿川的一只胳膊——火太大，他又是半尸，肢体早就因病毒而枯萎缩水，扑上去也会被点燃。

阿川被主管和金宁死死抱住，只能眼睁睁看着小弦如同燃起的树桩，静静站立；随后火焰渐弱，她也被烧焦，断成两截，等火被寒风吹灭时，地上只有一些焦黑的痕迹。

五

"瞧，要是我真的洗心革面，可就看不到这种景象了。"罗伯特用手揉了揉自己的脸，放下手时，嘴角绽开得意的笑容，"多美呀，少女与火焰，爱情和灰烬。"

金宁闻言怒骂："你这个变态！我要举报你！"

"哦？向谁举报？"罗伯特笑得更开心了，"又举报什么呢——烧死一个半尸吗？"

金宁噎住了。

"你看，你自己都知道我根本不会受罚。烧了一个一级治愈者而已……你知道每天有多少半尸死吗？我是说，真正的死。"

金宁不想回答这个问题，因为答案不言自明。别的方面她不清楚，单就城市重建方面，她知道每天有多少半尸死于意外。原本的建筑工程里，会把安全放在首位，但半尸承担起修建工作后，安全条例就有意无意地被忽视了，一切以进度为重。城市在废墟中拔地而起，这庞然大物下面，又填筑了多少半尸的干枯血肉呢？

"你还记得重修音乐厅那批半尸吗？结束之后，是不是就见不着他们了？"罗伯特嘿嘿笑道，"因为他们都死了啊，哼，联合起来怠工，从那一天起，他们就注定要死！把他们赶到一起，在每个半尸头上浇汽油，点燃一个，就跟骨牌一样，所有半尸都燃烧起来了。你说，他们是不是真的蠢，从淋汽油到被烧成灰，都没动一下。"

金宁的左手手指一阵抽搐，她用右手握住，很快，右手也开始颤抖。

见她没回答，罗伯特似乎觉得有些无趣，把手缩回大衣的袖子里。寒风起了，裹挟着雪花拍到他脸上，让他打了个寒战。他的脖子也缩起来，又看了眼被主管和金宁抓紧的阿川，哼道："你也别来劲了，告诉你，要不是你们主管在，得给他个面子，今天你也得烧成灰。"

说完，他招呼他的小弟，向停在不远处的轿车走去。

"站——站住……"阿川说。

金宁一愣——因为阿川的声音竟格外平静，听不到任何情绪，仿佛刚才目睹挚爱之人惨死，只是幻觉。阿川也没有再挣扎，她和主管对视一眼，都松开了手，让他站起来。

他却不急着站直，而是拍了拍西装上的尘土和雪花。有些尘土和雪混在一起，成了泥浆，他也耐心抠掉，直到西装再次笔挺整洁，他才站好了。

金宁留意到，他头上本已枯萎的忘忧草，竟也随之挺立。这丛寄生植物像是春天的禾苗，汲取了大地的养分和微雨的滋润，变得饱满而茁壮。叶子充盈着绿色，连一直不绽放的花苞此时也丰满饱胀，一片片花瓣以肉眼可见的速度舒展开。

忘忧草重获生机的时候，阿川脸上也彻底平静下来来。

雪越来越大，花草却迎风挺立，摇曳生姿。草叶之下，他静静地看着罗伯特。

"呵，你想拦着我？"罗伯特眯着眼睛，肥肉挤着，瞳孔在肉缝中只是一抹漆黑，"我以为你是四级治愈者，稍微有点智商的，居然想靠现在这几个人来报复我？"

阿川摇摇头，"现在跟智商无关，跟报复也无关，我只是，想与你分享。"

"分享什么？"

"我的悲伤。"

罗伯特认真地看着他，摇头道："但你看起来，并不悲伤。"

阿川向他走过去，嗅觉灵敏的半尸也跟在他身后。

他们走得很慢，也依然平静，罗伯特却下意识地后退一步，脸上先是惧怕，继而愤怒，扭头对主管道："我可是给过你面子了！"又一挥手，招呼身后的小弟们，"上，给我把这两个家伙弄死！"

七个五大三粗的壮汉，对付两个行动迟缓的半尸，结果不会出任何意外。

然而，罗伯特还是感觉到了意外，因为他打完招呼过了好一会儿，竟然没看到他们冲上前来。

"你们聋了？"他恼怒地转过头，发现这些壮汉们缩在一起，看

宿 主

向四周，脸上一片惊恐。

顺着他们的目光，罗伯特环视一圈，只见暮色下的废墟墙垣里，陆陆续续走出模糊的人影。每个方向都有，很密集，像是夜晚提前了，黑暗从墙壁缝隙里渗透进来了。走得近了，罗伯特认出来这些都是半尸，衣衫褴褛，面目枯萎，头顶是各色植物。

但他从未见过这么多的半尸。

哪怕是丧尸肆虐时，丧尸聚集成潮，也不过成百上千。而眼下，这些沉默缓慢走来的半尸，把整个废弃厂区都占满了，彼此间没有空隙，至少上万了。

如果他站在高处，就会发现会聚至此的半尸，远大于这个数目。整个郊区，遍布着密密麻麻的黑点，都在向他走来。几百米外的半尸，都已经被挤得不能前进；而几十公里外，依然有大量的黑点在向这里移动。

金宁等人也被这个景象惊呆了，战战兢兢地缩在一起，父母拉住她的手；她反握得更紧了。但半尸们似乎达成了共识，外面挤得密不透风，近处的半尸却在离他们八九米外站住，留下一个不大的空地。

"怎么？"罗伯特脸上的肌肉抽动着，看不出是恐惧还是怒意，"又犯病了？我早就说过，丧尸就是丧尸，治好了也是要咬人的！来啊，吃了我！"

阿川已经走到了他跟前，俯视着他。

"不，"他摇头，忘忧草随之簌簌抖动，"你不会死的，但你需要悲伤。"

"你他妈——什么意思啊!"罗伯特已经抖成一团筛子,牙齿打颤,声音出口时被切得零碎。

阿川再上前一步,刚要伸出手,头顶突然刮过一阵大风。空地四周的人和半尸,衣服全都烈烈鼓荡,金宁偏瘦,感觉站都站不稳。

一束光照下来,罩住了空地中心的阿川和罗伯特。

光束的另一端,是一架低低悬浮的直升机。

罗伯特用手挡住眼睛,眯着看了一眼,顿时如蒙大赦,跳起来向直升机招手,喊道:"这里,市长先生,我在这里!"

金宁心一跳,连忙去看直升机外的涂装——的确,是市长的专机。

会聚到这里的半尸,都来自福音城。这么大的动静,市长不可能不注意到,不仅他坐专机来这里,城里的军队也紧急集结,只是数量远不及半尸群,正在外围列阵,试图突进。

阿川也抬起头。

"这里,"市长的声音从喇叭里传出,"这里发生了什么事?"

烈烈风声中,阿川沉默着。即使他说话,低空中的市长也听不到,所以寂静持续了一分钟后,直升机开始下降,停到空地。市长弯腰下了飞机。

他出来时,飞机里的警卫和驾驶员同时拦他,但他挥手赶开了他们。他们只能握紧武器,警惕地看着四周的半尸。但半尸太多,他们脸色发白,手微微颤抖,想必是又回忆起了当年被丧尸追逐啃噬的恐惧。

市长的表情却没什么变化，环视着四周。

不仅是金宁，就连主管这个级别，也没近距离见过市长。他们只在官方新闻或传说里得知这个男人的事迹，知道他是如何在人类全线溃败时，依然强力组织自救阵营，抗击丧尸，无数次险死还生；丧尸之疫解除后，他又展现出了武力之外的领导天赋，带领大家重建家园，克服一个个难题——其中包括昔日同伴对他的政治迫害。

福音城现在秩序井然，一半靠法律；另一半靠的是大家对他的个人崇拜。

这个男人身居高位，受百万人膜拜，但环视时与其他人目光相遇，也都礼貌地点头，并逐一叫出了他们的名字。他显然有备而来。判断完场中形势后，市长没有去找正在对峙的阿川和罗伯特，而是迈步来到金宁身前。

"金小姐好，我是这座城市的市长，我想你应该知道我。"他露出温和的笑容，"你可以告诉我，这里发生了什么事吗？我有权力了解一些事情，你放心，我也有权力决定一些事情。"

听完金宁的讲述后，市长微微皱眉。他已经五十多岁，眉毛和鬓角都泛了白，加上雪花落在上面，容貌更显得沧桑，眼神更加深邃。他看向主管，主管犹豫一下，点点头；他又看向罗伯特，罗伯特使劲摇头。

"我想，我已经了解了事情的经过。"市长走到阿川面前，语气谦和，"犯了错的人，会受到惩罚，但我希望你能让这些治愈者散开，我会处理他的。"

"市长，我……"罗伯特一听便急了。

"啪！"

市长反手一耳光抽在了罗伯特的脸上，一阵涟漪在肥肉上荡开，血色的巴掌痕凸显而出。

"你可以相信我。"市长并未回头看罗伯特，继续对阿川说。

"什么样的惩罚呢？"过了许久，阿川问。

"这个我们会研究的。"

"他会死吗？"阿川低下头，但地面上的焦灰痕迹已经被雪覆盖，难以辨认，"像小弦一样。"

市长直视着他："你希望他死吗？"

"不希望。"

"嗯，我也不希望。"市长说，"老实说，我很痛恨他的行为，即使事情经过是这位美丽姑娘告诉我的，也让我感到恶心。但罗伯特目前负责城市的重建工作，任务很重……不过，我会找到一个合适的处理办法。"

阿川抬头与市长对视："是吗？"

市长一愣。

看到他们的表情，就算金宁再迟钝，也明白他们之间的矛盾所在——市长显然不愿意重惩罗伯特，除了不想影响城市的重建工作，更重要的是，目前城里人类对半尸依然很抵触，若为了半尸而处死人类，恐怕会导致民怨。

"看来，你比传闻中，还要聪明一些。"市长慢慢道。

"我并不想聪明。"

市长继续说："那你也应该明白目前的局势。虽然你们数量多，但都是手无寸铁，你听，现在我们头顶有很多架飞机在盘旋。要执行精准打击，是很容易的。"

阿川似乎听不出这番话里的威胁，又向罗伯特走了一步。

罗伯特躲到市长身后。

周围的所有半尸，一起向前迈步，半尸群中的空地一下子逼仄了许多。

气氛变得剑拔弩张。保安们直接掏出枪，空中直升机的盘旋声更响了，气流卷动雪花，在每个人脸上掠过。虽然金宁看不到，但她可以想见，外围的人类军队肯定也接到了指令，与半尸群对峙着。

"我们都不希望事情发展到不可挽回的地步。"市长沉吟了一会儿，说，"我相信办法是可以谈出来的，所以，我提出一个筹码，你考虑下。"说完，市长凑到阿川耳边，轻声说了句什么。

金宁离他们很近，竖起耳朵，隐约听到了市长的话："……注射后，你可以重新恢复成人类，真正的人类……"

一个词跳进了金宁脑海——"彼岸花 2.0"。市长显然向阿川抛出了橄榄枝，许诺可以给阿川注射解药，让他彻底摆脱半尸的束缚。那这么说，搜救队员和罗伯特的话没错，真正的解药早就研发出来了，只是迟迟没有给半尸们使用。

说完后，市长期待地看着阿川。

而阿川显然让他失望了，面色没有任何改变，沉默了一会儿才开口："原来，他们说的是真的。"

"科技的力量，比我们想象中的要强大。"市长模棱两可地回道。

阿川低下头，夜色中，他头上满是花枝和落雪，看不清表情。

"那你现在可以让他们散开了吗？我知道，他们都听你的话。"

阿川抬起手臂。

市长嘴角扬起，刚要说话，却被阿川打断了。

"市长先生，有两点您弄错了——第一，他们并不是听我的话，我们是一个整体；第二，我们也不会散开的。"

在市长惊愕的目光中，阿川的手挥动了一下。随后，所有半尸们都抬起了手，搭在前面半尸的肩上。他们整齐地向里走动，空地迅速缩紧，如浪潮吞没岛屿。警卫们在对讲机里呼救，刚要开枪，却发现所有半尸都绕开了他们，只是向阿川和罗伯特汇拢。

阿川的手也搭在罗伯特肩头。

罗伯特使劲往后退，但层层叠叠的半尸抵住了他，让他动弹不得。

"求求你……我真的知道错了，"他吓得面容扭曲，说话都是哭腔，"我再也不犯糊涂了，你放过我吧！"

阿川悲悯地看着他，摇摇头，"我并不恨你，放心，我也不会杀了你。"顿了顿，"我只是希望你能明白——我的感受。"

说完，他两手都搭在罗伯特身上。他身后，所有半尸的手也搭在了他的肩头，如果从盘旋的直升机上往下看，会看到无数只手搭

宿　主

成一个个的圆形，往外扩展。

市长皱眉，似乎好奇阿川接下来想做什么，但他还没说话，嘴就张大了，惊讶得合不拢。

有光亮起来。

起先，是阿川头上的忘忧草招摇着，慢慢发光，仿佛茎叶里贯穿的纤维全变成了钨丝，而此时有电流通过，钨丝便幽幽亮起。电流顺着半尸们的手传导，每个半尸头顶的植物此时都成了灯泡，枝叶剔透晶莹，彩光弥漫。洋甘菊是一蓬紫色的光晕，杜鹃花亮如霓虹，宽叶吊兰里的蓝光像是起伏的潮汐……每种植物都蓬勃地生长着，都有独特的光，连缀起来，弥漫了整个原野。

不只市长和警卫们，就连曾经见过这番景象的金宁，也惊诧不已——当时她只看到一百来个半尸簇拥着阿川，他们头顶的植物泛光，而现在，亮起的植物多达百万株，仿佛整个星空坠落到了海面，而这片光之海又淹没了她。

她的眼睛几乎不能睁开。

好在这样的景象也只持续一分钟，随后，从半尸群边缘向内，光晕次第熄灭。所有的光都向阿川汇聚，忘忧草更加挺拔和透亮，黄色花朵迎风绽放，每摇摆一次，都有光粒飘落，如同花粉。

几颗光粒飘到了金宁脸上，有些冰凉，她在皮肤上化开，又带着点奇怪的温热。

现在，只有忘忧草在发光，照亮了罗伯特的脸。

"啊……"罗伯特挣扎着，但阿川的手牢牢搭在他肩上。

他的表情很复杂，疑惑、彷徨、狂喜，恐惧、愤怒……这些情绪逐一体现，仿佛他的脸是一本记录了他所有情绪的相册，正在快速翻页。到最后，他的脸扭曲已极，所有情绪同时体现，睁开眼，瞳孔里满是血丝。

很快，他不再挣扎，只发出意义不明的呜咽和哭泣。

罗伯特坐下来，号啕大哭，鼻涕和眼泪糊满了他整张脸。他哭得很认真，没有求饶，也不像作秀，仿佛重回孩童时代，丢失了心爱的玩具，在暮色四合的台阶前大声号哭。

随着忘忧草上的光渐渐微弱，他的哭泣也低了许多，几分钟后，他不再哭泣，而是一副木讷呆滞的模样，低着头，身体时不时抽搐一下。

最后的光也灭了。

忘忧草再次枯萎，叶子蜷缩着，顺着阿川的脸颊耷拉下来；花瓣也不再饱满，蔫蔫的，风雪一吹就散了，飘进这个冬夜的深处。

雪更密了，没一会儿所有人头上都积了厚厚的一层雪。金宁担忧起来，阿川只穿着薄薄的西装，会不会感冒？

"他怎么了？"市长指着萎靡成一团的罗伯特。

阿川也很疲倦的样子，声音低沉："他只是，共情了我们的悲伤。"

市长咂摸着阿川的这句话，脸上有些阴鸷，好半天才说："那他算是彻底毁了。"

这时，一直没说话的主管看情况有些不对，连忙说："那既然事情解决了，就散了吧。很晚了，雪看起来也要变大的样子，都回家吧。"

阿川点点头："是啊，要回家了。"

宿 主

市长没能救出罗伯特，面子被驳，很不高兴。但他审时度势，也知道不能在眼下发作，沉着脸道："那先回城吧。"

阿川却没有动。所有的半尸也没有动。

"我们是回家，不是回城。"在市长惊疑的目光中，阿川摇头，"福音城，不是我们的家。"

"那你们的家在哪里？"饶是市长见惯了大场面，也有点反应不过来，问。

"还不知道，但会找到的。"

阿川说完，转过身，数百万半尸也都随着他转身，背对福音城。他们向郊外的更深处走去。他们步伐缓慢，但步履坚定，像是密度极大的液体在倾泻。所有经过金宁等人的半尸，都自动分开。

市长一下急了，高声道："你们不能走啊！福音城需要你们……"

阿川站住了，半尸潮依旧在他身边流动。

他回头看着市长："需要我们做什么呢，继续当这座城市基座下的血肉泥浆吗？"

"不，不啊……"市长说，"我们是同胞！"

阿川像是露出海面的磐石，两旁尸潮涌动，他却安静地看着市长。

"是吗？"他说。

"当……"市长罕见地慌张起来，顿了顿，"我会把'彼岸花2.0'的试剂分发下去，给你——不，给所有人。这下你满意了吧！所有的人都可以完全治愈，可以恢复成人类！"

一听这个承诺，金宁一直悬着的心便落回胸腔了。只要市长愿意公开解药，丧尸之疫就能彻底解除，世界就能恢复如初，阿川也会重新生出血肉。他不再有植物寄生，能呼吸、能吃喝、能拥抱、能生长也能死亡，能哭也能爱。

金宁旁边的父母和主管也松了口气。

然而，阿川却没有任何反应，淡淡地说："成为人类？像你这样，像他这样的——"他指着蜷缩在地上的罗伯特，"人类？"

市长的表情僵住了。

"不必了。"阿川继续说，"我们曾是人类，但被病毒带到了生死之河的对岸，后来又停留在河中间，不生不死，不人不尸。我们不想成为彼岸的丧尸，但此岸的人类，看起来更糟糕。所以，我们想顺水流到下游。"

"下游……是什么地方？"

"我不知道。"

市长着急起来："我不知道你用什么办法能让他们听你的，但你不能用自己的意愿代表他们！他们是想被治愈的！"

"我说过了，他们不是听我的，我们是共同体。"阿川的眼神近乎悲悯，"我们能够共情，所有的行为都是在共识之下。但你说对了，有想留下的，我也不会勉强。"

说完，他转过身，加入了尸潮的行列。

市长脸上一阵青一阵白。警卫们拼命挤到他身边，把他和金宁等人一起带上了直升机，螺旋桨搅着寒风和大雪，载着他们升到半空。

现在半尸再也威胁不到他们了。一个右眼戴着眼罩的警卫凑到

宿　主

市长耳边，大声道："先生，枪手已经定位到他了，正在瞄准，随时可以——"

金宁也听到了这句话，心悬得高高的。她想大声提醒阿川，但父母拉住了她，父亲低声说："别——他们不只一把枪，也能瞄准我们……"

金宁的话便噎在嗓子里。

市长探出半个身子，俯视底下的尸潮。

空中十几架直升机都投射了光柱，有光的地方，全是密密麻麻的植物；被雪一盖，积累起来，渐渐成了一片移动的雪原。

"先生！"警卫喊道，"再不动手，就没法定位了！"

市长抬起了手。所有人的目光都汇聚到这只颤巍巍的手上——只要它一挥下，瞄准阿川的枪手就会扣下扳机，子弹携带的巨大动能可以将他撕成两半。但市长愣愣地看着，脸色由白变红，继而恢复成青灰色，手却一直没落下。

最后，他叹息一声，右手轻轻摆了摆。

警卫和枪手面面相觑，良久，枪手松开了手。此时灯柱笼罩的地方已是一片雪白，连半尸头上的植物都分辨不出，他就算想动手，也找不到阿川了。

"走吧。"

市长的专机爬升，向城里飞去。其余的直升机也随着移动。金宁趴在舷窗前，睁大眼睛，但夜晚太黑，落雪太大，她只能看到一柱柱倾斜的探照灯。

光柱之中，雪花凌乱地飘舞着。

尾声

很多年后，金宁一家开着车，开始了漫长的荒野旅行。

她的儿子和女儿都很开心，不管被她叮嘱多少次，都要把头探到窗外。好在一路空旷，几乎看不到别的车，丈夫又开得很慢，她也就不拦着了。

这趟旅程发生在这一年的秋天。大地金黄，房车在厚毯一样的落叶上行驶，车轮辘辘，枯叶又被碾得吱喳不停，像是这趟愉快旅程自带的伴奏。

他们驶离城市，沿着西北方向，去往原野的尽头。

对十一岁的儿子和七岁的女儿来说，一切都是新奇的。尤其路过那些被蔓藤占据的废弃城镇时，他们的问题就会一股脑儿冒出来：为什么城里那么拥挤，外面却如此荒芜？这些废墟以前是干吗的？曾居住在此的人去了哪里？

儿子稍大些，已经上小学了，抢着回答说："因为人是群居动物啊，要一起住，才能互相帮助，把家建起来，把城建起来……这些废墟啊，以前也是城市，但有一阵子，世界上的人都变成了怪物，互相咬啊，咬的，没有人住，这些小城啊、小镇的就废弃了……咦，对了，那这些人最后去哪里了呢？"

最后这个问题，不仅儿子回答不出，金宁也不知道。

多年前，埃博拉病毒把绝大多数人感染成了丧尸，浩劫毁灭了世界，但从一种叫彼岸花的植物里提取出来的试剂，将感染者从丧尸形态中解救出来。但早期的试剂并不能让丧尸完全治愈，只能转化为没有攻击欲望的半尸。所以，有那么几年，幸存者和半尸一起在城市里生活，共同重建家园。

这是所有人都知道的事实。

然而，某个雪夜过后，所有半尸都消失了。罕见的大雪让这个西南大地变成了雪原，待雪化之后，曾挤满了福音城的半尸，消失得干干净净。市民们一片哗然，也只知道市长那一阵子很不高兴，还有城里多了一个疯子，其余的消息就打听不到了。

最开始人们并不担心，催促政府派出搜救队，把新的半尸带进来，继续重建城市。开春后，搜救队在城外荒芜的大地上寻找，达到前所未有的千里之遥，竟然没找到一个半尸。

曾经，半尸无处不在。他们虽然不再具有攻击性，但也没有智力，只能在旷野或废墟里结伴游弋。搜救队也只挑看得顺眼的带回来，荒野里依然布满半尸。但现在，仿佛一把筛子，把曾经占全球总人口百分之九十七之多的半尸，全部筛走了。

世界一下子空旷起来。

认清这个事实后，许多年轻的搜救队员都哭了。

"以前它们在，觉得讨厌。"一个队员边哭边说，"现在它们不在了，好寂寞……世界真的只剩下我们了。"

"是他们。"有人纠正道。

倒也不全是所有的半尸都消失了。后来人们还是陆陆续续找到了一些落单的半尸，但加起来，也不过三百多个。

市长随即公开了能完全治愈丧尸的"彼岸花 2.0"试剂。据说解药是刚研发出来，投放后，这些半尸全部恢复成了人类，融入了社会。但他们也不知道其他半尸去了哪里。

一个谜团，笼罩在所有幸存者心头。

失去半尸的后果很快显露出来：城市的重建工作骤然放缓，食物、能源也都变得紧巴巴的，每个人要干更多的活……总之，苦日子一下到来了。

但好在，日子苦是苦，总比前几年那种担惊受怕、随时会被丧尸咬死的时候好多了。吃不饱饭，就喝汤；房子漏雨，就依偎在一起；没了半尸当劳动力，就一砖一瓦地垒，过了十多年，城市已经建得差不多了。就在昨天，第一座游乐园在曾是富人居住区的别墅遗址上建了起来，许多孩子都去玩耍，而他们在战乱和重建中长大的父母，一边远远看着，一边抹着眼泪。

金宁和丈夫就是在那时决定，带孩子们去外面，让他们看看父母小时候生活过的世界——尽管这个世界已经空旷，已经荒芜，已经重新被植物占领了。

他们沿着西北方向。

在这趟旅程中，运气一直伴随着他们——每到汽油快竭尽时，都能遇到有人类生活的小村镇或加油站。只需用少量粮食，就能从驻民手中换取汽油。

这些抛弃了城市生活、选择在荒野独居的人，大都脾气不好，但看到金宁的一对可爱的儿女之后，又都会露出和善的笑意。他们会赠予礼物，并告诉金宁，再往前是什么样的地方，让他们做好旅游规划。

一个月后，他们到达了旅途的尽头，也是这个秋天的最深处。偌大的荒野边缘，只有一个加油站。瘸腿的老人给汽车加满油后，告诉他们："回去吧，再往前就没有加油的地方了。"

"那前面是什么地方呢？"金宁踮起脚。

夕阳渐沉，荒原以外的大地浸泡在斜晖中，也在她的视野里铺展。

那片土地看起来并不像地球所有。地面怪石嶙峋，色泽火红，又有一汪汪深蓝色的水潭错落摆布。有些尖锐狭长的岩石甚至直接从水面伸出，以獠牙一样的姿势刺向天空。红和蓝掺杂在一起，色彩之艳，胜过他们一路碾过来的金秋黄叶。

更远处，弥漫着浓重的雾气，吞噬了斜阳和她的视线。

瘸腿老人抽着烟，眯眼跟她一起远眺，好半天才吐出一抹烟雾和一句零碎的话："这里是世界边缘，再往前啊，就是它们的……咳咳……"

一阵咳嗽，他后面的话就没再说了，只是闭目抽烟。

于是，金宁一家就在这世界边缘停了几天。老爷爷很喜欢她的一对儿女，在昏黄的灯下，给他们讲旧世界的故事。金宁有时候在一旁安静地听，她惊讶地发现，老爷爷的记忆比她清晰太多，很多细节她都忘了，老爷爷却能毫厘不差地复述出来。

难道人老了之后，记忆会越发清晰？或者他选择来此独居，面对荒芜的世界尽头，唯一可以做的事情，就只有回忆？

金宁便也会走到荒野边缘，伫立不动，对着远处的乱石世界发呆。往事如秋叶般，纷至沓来。她的丈夫有时候会来到她身边，坐上一会儿，给她披上外套后又默默地离开。

到了最后一天的夜里，气温渐凉，浓雾如潮水般卷到她眼前。她紧了紧衣领，准备起身离开，这时，雾气一阵扰动。

她一惊，站住了。

几米外的一块岩石下，转出一个人影。夜雾缭绕，看不清那人的模样，只能看出他身形消瘦，却背着一个巨大的背篓。他走几步后，在地上捡起什么，扔进身后的背篓里。

起风了，他的身影再次被夜雾吞没。

金宁拔腿追了过去。

这场景本身十分诡异，要在别的时候，她肯定是远远跑开。现在反而追了上去，原因只有一个——刚刚转出来的那个身影，像极了某个久远的故人。

这阵夜雾很奇怪，浓密，但并不潮湿，金宁在其中穿行了半个多小时，衣服也是干干爽爽的，只是有点儿凉；浓雾中也并不暗，隐隐有光，一闪一闪的，像是萤火虫群在前方飞舞。

宿 主

　　金宁就是循着这些光往里走的。

　　但她走了很久，却再没见到那个身影。路面崎岖，她摔了好几跤，在手都摔破皮之后，她决定回去。

　　或许，刚才只是自己的一个幻觉。那个人，连带着所有半尸，消失了十多年，怎么会突然出现在这儿——世界边缘？

　　回去的路却不像刚才那么好走了，没有光的指引，她在雾气中跌跌撞撞。她掏出手机，甚至举在头顶走来走去，都收不到一点信号。她想起老爷爷说过，在世界毁灭前，这里就是无人区，现在自然更不可能有信号了。

　　她沮丧地停下。刚才一番奔走，已经让她有些沁汗，她靠着一块在雾气中模糊如巨兽的岩石，微微喘气。等气息匀称后，她用手撑着石壁，打算继续找路。

　　这时的金宁已经有些慌张。因此，当背后的"岩石"开始颤动时，她先是愣了愣，才反应过来。

　　但已经来不及了。

　　"岩石"往后挪动，她没了倚靠，跟着摔倒。但失重只持续了一秒，她就陷在了一片柔软里——是大地。大地不再是坚硬的岩土，而是由蔓藤编织的花床，将她托住，继而包裹。

　　金宁只觉得眼前一黑，而黑暗中又有什么东西在窸窸窣窣地快速移动。她尖叫一声，但叫声没有帮助她。她被蔓藤裹住，两脚离地，在空中忽上忽下地飘动着。

　　但蔓藤的动作似乎很……温柔，她并没有感觉天旋地转，所以在短暂的惊吓过后，她抽出手来，把脸上的蔓藤扒开。于是，她张大了嘴，因为身边的景象是她万万没有想到的。

一片森林。

在这世界尽头的蛮荒之地，在僵硬又危险的岩石林地后面，居然有一片森林。

如果只是森林，她是不会奇怪的；如果这片森林会发光，她也见过类似的景象，不至于惊讶。让她难以置信的是：这片一眼看不到边际的发光森林，竟然是一个整体。

她看到蜿蜒曲行的蔓藤，长达数百米，扎进一株株巨树的树干，像串灯泡一样把它们连起来。树的枝叶在发光，藤条里也有光亮流转，仿佛营养在彼此间输送。挨得近的树，枝叶不是勾搭或缠绕，而是连着的，同一枝条长进了两棵树里。金宁移动得快，看不仔细，但所看到的任何花草树木、藤条灌丛，都是连为一体的。

看起来，地底似乎长了一株远超想象的盘古巨树。树的根须扎入炽热的岩浆，汲取能量，而躯干则撑破大陆板块，而它们还在不知疲倦地生长。这片方圆数百公里的广袤森林，只是它露出地表的一小部分。

而金宁就在树叶间穿梭。蔓藤快到尽头时，就有别的蔓藤伸过来，缠住金宁，接力赛一样让她继续飘向森林深处。

于是她更惊讶——这片森林不仅仅是一体，还是活的？

不仅蔓藤能伸缩，树叶也在优雅地摇摆着。有些树枝向彼此移动，叶子簌簌抖动，仿佛在说悄悄话；她还看到两根直直的树枝靠拢后，一下变柔软了，交缠在一起，叶子贴合，在光晕中如同拥抱的恋人。地上的花草也有了生命，有一蓬蓝花草甚至蹦蹦跳跳地爬上了一棵树，在枝头蜷缩，迎着月光入睡。

甚至几个人合抱都够呛的树干，也能耸动身子，在地面移动。金宁想起之前倚靠的"岩石"，应该也是一棵大树，只是自己当时在浓雾中没看清楚。

她惊诧于四周的奇景，没留意到，身上的蔓藤已经慢了下来。她在下降，很快落到地面，脚尖着地，踩到水里她才反应过来。蔓藤从她身上剥开，卷曲着回到四周的树枝上。

有一根蔓藤离开前，还冲她摆了摆藤尖，像是在告别。

她连忙站稳。

这是整座森林的最中心，难得地出现了一片空地。空地中只有一棵大树，是她一路所见中最粗、也是最矮的，树盖如伞撑开，只比她高出半米。这棵树很孤单，周围是一片浅浅的水洼，只有稀疏的几根枝条伸出来，连向远处的树叶。

整棵树都是透明的，像是一柄发光水晶做成的伞，伫立在浅水间。

脚步声自身后响起，很慢，每一步都带着水声。

金宁的心怦怦地加速跳起来。

她转过身，看到了涉水而来的故人。

"你好啊，金宁，"对面的人把背篓解下，站直了，微笑地看着她，"过了这么多年，你没有一点变化。"

可一别十数载，金宁从里到外都不同了。她还不到四十，而城市重建工作长久而艰辛，让她过早地衰老了，不仅鱼尾纹在眼角扎根并不断繁衍，背也有些佝偻。她的身份，也从少女变成了两个孩子的母亲、一个男人的妻子。年轻时常挂眼角的忧愁已经消失，更多的是平和，以及想到家人时不经意流露出的微笑。

真正没有变化的，其实是他。

他还是那么瘦，脸上皮肤皱缩，但眼神温和，嘴角的笑意掺杂着喜乐与悲悯。只是记忆中他那身永远整洁的西装不见了，身上的布料看不出材质，很是脏旧，下摆还被树枝钩破，垂成一缕缕的。

这一刻，金宁有些鼻酸。

但她还是扬起头，努力挤出一抹笑容，说："好久不见呀，阿川。"

不知从哪个方向吹来了夜风，雾气散尽，有些冷。

金宁缩了缩肩膀。

阿川本来正低头把背篓的东西挑出来，顿了顿，突然抬起手。几缕光线从树枝上射出，落到他指尖。手指微跳，光线断开，远处传来巨树挪动的声音。很快，金宁就感觉不到凉意了，似乎风已被树墙挡住。

"它们……我是说这些树，"金宁道，"都听你的话吗？"

阿川摇摇头，笑笑说："没有呀，是我们共同的想法。"

他蹲下来，继续挑拣背篓里的物品。金宁看到，那些都是奇形怪状的石头，大小都有，有一个的形状很像小鸭子，只是比较毛糙。这些初具造型的石头被挑出来后，放进了水洼里。水明明很浅，连金宁的鞋底都漫不过，石头放进去后，却迅速下沉，被泥地吞没。

阿川一边放石头进去，一边说："抱歉啊，孩子们闹了好几天，得先把玩具给他们。"

玩具？孩子？金宁心里嘀咕着。

他把所有石头都放进去，又捧起一抔水，顺着脖子饮下。

"过来的时候，没吓到你吧？"阿川甩甩手，水珠划着弧线落入水面，"他们几个听说你来了，太热情，非得过去接你。"

"他们，是谁呀？"

阿川说了几个名字，但金宁都没什么印象。阿川不得不再次提醒："都是以前在设计部打杂的半尸们。最后跟你打招呼的，是马大姐，是给我们那一层楼做清洁的。"

金宁在记忆里搜寻着，这些人的模样依稀出现她的在脑海里，但又像今晚的雾气一样散去。她摇摇头。

"没关系，人类的记忆就这样。"阿川笑道，"所以你呢，这些年过得好吗？"

"挺好的，我结婚了。"她抬起手，戒指在月下闪烁着微光。

"嗯，我看到他给你披衣服了，是个很温柔的男人。恭喜你。"阿川犹豫一下，"但看起来，他似乎……"

"是的，他之前是半尸。"金宁说。

阿川点点头："至少这一点上，人类没有骗我们，'彼岸花2.0'是可以完全治愈埃博拉病毒的。"

"但被治愈的，只有极少数。绝大多数半尸都不见了。"

"嗯，他们都到了这里。"

"这里？"金宁诧异道。

阿川指向水洼，而水面迅速蒙上一层彩光，光影游离，组成了晃动、却又清晰的影像。

现在，他们站在一面巨型屏幕上。

金宁低头，看到了半尸群跨越雪原的画面，那是数以千万计——甚至更多的半尸群，即使是高远的俯视角，也看不到这些密密麻麻的黑潮的边缘。他们行过雪原，留下纷乱脚印，但很快又被大雪覆盖。随后镜头加快，这些半尸穿过旷野，穿过嶙峋的岩石区，走向亘古以来就无人涉足的荒漠。等他们到达时，冬天已经结束。他们在此扎根，像春天播下的种子，整齐地站在沙地里，越陷越深；到了秋天，他们的尸骨完全腐朽，却有苗壮的幼苗钻破沙地，快速生长。很快，冬雪覆盖，树苗却凛然不惧，迎风顶雪地成长着，最终成为规模浩大的森林。

金宁留意到：在森林生长的过程中，还不断有半尸加入，伫立不动，腐朽后成为树林的一部分。

"到现在，这种加入都没有停止。"阿川看出了她眼中的困惑，"有些半尸是从地球另一端跋涉过来的，行动又不太方便——你看，今晚也有。"

金宁顺着他的手看过去。

空地外枝叶耸动，一个衰老得几乎只剩骨架的半尸走出来，走向这片水洼。他身上的衣服已经不能用褴褛来形容了，近乎完全腐烂。水明明清澈，阿川还喝过，但这个半尸一走进去，腿骨就溶解

宿　主

在水里。他摔倒，但都没有激起水花，因为它一接触水面，就整个溶解，像一根蜡烛被按在烧红的铁板上。

"我们又多了一个同伴。"阿川说。

金宁已经完全摸不着头脑了，下意识地问："那你们总共有多少人？"

"我们不是人。"阿川微笑看着她，"我们原本有 5884324565 个同伴，就在刚才，数字已经变成了 5884324566。"

金宁默算了一下，这个数字是旧世界全球总人口的百分之七十多——抛开幸存者，在战争中死去、来不及转化为丧尸的人，以及在各大城市的重建工作中彻底死去的半尸，其余半尸加起来差不多就是这个数目。

也就是说，那些突然消失的半尸，全都穿洲过洋地跋涉至此，汇聚成林。

她脚下，埋葬着近六十亿人类的尸骨。

"所以，这里是所有半尸的……"她犹豫地说，"坟墓？"

"是家园。"

"啊？"

阿川摆摆手，水面光影再次变换，出现了地面以下的景象——一根根发光树枝纠缠着，轻轻蠕动；岩石间凿有孔洞，里面有光粒和分辨不清的杂物在依次运输……画面比例缩小，整个地下世界呈现在她面前。这是一个无比庞大、复杂，但又有序的城市，每个部分都互相连接，而每个细节，又在做截然不同的事情。

"你看，这里是我们的家园，所有同伴都生活在里面。人类的肉身只是躯壳，肉体腐败对我们而言，不是死亡，是进入另一个阶段的标志。你没看到吗，你脚下，是我们的城市？"

"我看到了……"金宁从震惊中回过神，喃喃道，"这已经不只是一座城市了。"

阿川含笑看她。

"更像是新的……文明。"

"嗯，这个词更符合我们的现状。"阿川介绍道，"我们有自己的语言和艺术，有约定的规则，有族群观念，也有不同的信仰。最近，有不少同伴新成立了一个教派，叫黑胶音乐教，你肯定感兴趣。"

"你们还听音乐？"

"哈，我们已经听不到声音了，不过依然能欣赏音乐——通过电信号、纤维颤动和磁场感应。"

"那这些……"金宁指了指脚下变换的离奇光影，"这是你们的魔法吗？"

"这是科技，结合了细胞游离技术和薄面成像原理，在某种程度上，跟全息影像比较接近。"

"是你们带过来的科技？"

阿川摇头，"是我们研发出来的科技。"见金宁更加困惑，便解释道，"加入我们的同伴，都有生前的记忆，而且记忆可以上传，随时分享和调用，永不会磨损。但即使拥有所有人类的前沿科学知识，也不适合我们的生态。人类文明建立的基础是金属、电、欺骗和懒惰，而我们的基础是有机液、磁和共享精神，科技的应用不能共通，所以我们只能重新研发。"

接着，他介绍了特殊材料的根须如何扎进岩浆，如何汲取能源供整个文明使用，新文明里的人如何分工，最近又有哪些新的技术发明……

金宁并不太懂阿川的介绍，有些新技术她闻所未闻，但一听，就知道已经远超人类世界最辉煌的时刻。他们甚至在研究生物质飞船，而且已经可以突破大气层。

她的头皮一阵发紧，从未有过的震撼贯穿全身体。

脚下，是一个全新的世界。她参与了福音城的重建，深知文明崛起之艰难——所有幸存者一起努力，辛苦十多年，也只将城市建设到勉强维持生存的局面。而这些半尸，从一无所有，到建立完整、辉煌、生机勃勃的先进文明，花了同样多的时间。

她想起了阿川当年带着半尸离开时说的话，"所以，我们想顺水流到下游"。是啊，半尸不生不死，停在河流中间已经很久，去不了彼岸成为尸体，此岸的人类也不愿意接纳他们。于是，他们顺流而下，漂向了进化的支流。

现在看他们发展的规模与速度，更像是从支流进入干流，找到了生命真正的进化路径。

而人类，却还在狭小的河滩边，艰难地拔草行进。

"这么多半尸，是怎么聚集起来的呢？"金宁问。

阿川指了指头顶耷拉着的忘忧草。"它能吸取我的悲伤，也是半尸之间的联络器。"

金宁点点头。当初看到阿川在城里的种种异象，她就怀疑过，半尸应该也有一种区别于人类的联络方式，就像当年丧尸横行时，也能以手势交流。而阿川身上唯一的特殊之处，就是头顶那一丛能吸收忧伤的忘忧草。现在想来，也是忘忧草在帮他跟半尸们联络。

"我不知道原因，也不知道为什么这株草会长在我的头上，但它越茁壮，联络的范围就越广。那一夜，小弦死的时候，它让所有半尸都建立了感应，即使在地球的另一端。也就是在那时，我们决定，不再试图回归人类群体。所以我们寻找了新的生命形式。"

"那你呢，"金宁突然意识到一个问题，"既然要抛弃躯体才能加入这个文明，你怎么还……"

"我在等你。"阿川说。

阿川说着这样轻佻的话，但表情郑重，眼神温润如月。他继续说："当时我走得很急，还没有向你道别。你说过，道别比相遇更重要，如果没有道别，那相遇就没有意义。"

"嗯……"金宁又低下了头，鼻子也再次酸起来，"那我们还会再见吗？"

"或许吧，两个文明都在发展，总会有相遇的时候。"

说完，阿川的脚在水里消融。他在下沉。金宁本来需要仰视，但慢慢地，他就跟自己一样高了，还在不断滑落。他以雪人的姿态融入水中。整个过程很快，但在金宁眼里却无比缓慢。她看着阿川的脸，十年都没变，只是现在有些疲倦。但他在微笑，他的微笑就是告别。

宿 主

阿川消融了，整个空地水洼上，只有金宁——以及，近六十亿生命组成的新文明。

水面亮起一道光，很柔软，像是丝带，又像游鱼一样游向不远处的透明大树。它沿着树干中心往上，在两米高的部分停下，光带散开成五彩的粒子，组成了两个人影。

一个是阿川。他的五官恢复了丰盈，是感染病毒前的模样。这是金宁第一次看到他的真实长相，跟无数次想象中的不一样，但看起来，胜过她的任何想象。另一个人影则有些面熟——是小弦。金宁看过她的照片。她曾感染成丧尸，又被焚烧成灰烬，现在她在这晶莹剔透的树干里，恢复了青春和美丽，微微闭眼，靠在深爱之人的怀里。

阿川和小弦以固定的姿势拥抱着，像是被琥珀冻结。隔在生死两岸的恋人，终于在新的文明里相聚。

金宁使劲睁大眼睛，睁了许久，没让眼泪流下来。只是微风吹过时，眼角会阵阵发凉。

清晨的时候，金宁回到了营地。

孩子们和丈夫等了她一晚，见她出现，都担忧地迎上来。两个孩子更是一左一右抱住了她的腿。

"我没事，"金宁摸着孩子们的头，从兜里掏出两块鸭子形状的石头，递给他们，"看，妈妈给你们带了玩具。"

孩子们的担忧立刻跑到九天外，捧着石头，惊道："哇，这个石鸭子好真呀！"

金宁含笑看着他们。

这两块石头，是她被蔓藤护送离开前，从透明树干的中部吐出来送给她的。当时她觉得眼熟，想起这不就是阿川放进湖里的石块吗？只是放进去时，石块还有很多毛糙刺棱的地方，现在成了圆润光滑、惟妙惟肖的鸭子，连颜色都染黄了不少，仿佛森林之下有个玩具工厂。

打发了孩子，丈夫上前，说："我们很担心你。"

"我……"

丈夫轻轻抱住她："但你安全就好。"

他们收拾好行李，都放在车后，跟瘸腿的老爷爷道别。老爷爷有点不舍，跟孩子们说了很久的悄悄话，又抬头看着金宁："你见到他们了吗……"

"见到了。"金宁说。

老爷爷点点头。

金宁一夜没休息，很困，便由丈夫来开车。她靠着窗子，往后看，太阳升起来了，这片边缘之地却更显得有些幽暗。她看到老人伫立在路边，但被阳光剪成模糊的影子，不知道是在目送自己，还是转身守望着背后的土地。再往后，斑驳的色泽被黑暗搅浑，模糊不清。但她知道，穿过幽暗、穿过荒野，会有一片神奇的树林，和一双正与自己对视的眼睛。

十七年 / 白 贲

人是被抛入世间的，能力有限，处于生死之间，对遭遇莫名其妙，内心深处充满挂念与忧惧又微不足道的受造之物。

——［德］马丁·海德格尔

苏　醒

我从长达十七年的梦中醒来了。

这是醒来后我脑海中的第一个念头，在相当长的一段时间里，也是唯一的念头——我只知道这个。

至于我究竟是谁、身在何处，一时之间并没有头绪。我坐起身，过了好一会儿才勉强适应了周围的黑，隐约能感受到这是一个逼仄的空间。正是这种看见，让我能把物理上无光的昏晦和沉睡中毫无时空感的黑暗区分开，确认自己真的醒来了。

长久的沉睡让我的思维异常迟缓，每次醒来都如同一次新生——是的，每一次——我记起来了，这是一种周期性的沉睡。

我伸手在周围摸索，摸到了一个棍状物，那应该是一个火折子。记忆随着触感复苏，指引着我晃燃了火折子，跳跃的火光烫开了屋子里的黑，我发觉自己坐在一个石砌的方槽内，砌石凉如寒玉。苏醒之后，体温缓缓回升，我已经受不了石槽里的寒冷，慌忙爬了出去。在我的石槽旁并列着两个同样规格的槽，里面躺着一对漂亮的男女，哦，那是我的父母。

父母正在沉睡，他们与我一样——准确地说，我的整个种族都是这样，定期沉睡着。周期都是质数，而且彼此的周期都不一样。我的沉睡周期是十七年，那父母的周期是多少呢？让我想想。

饥饿，剧烈的饥饿感像秋千一样，跟着呼吸的节奏在胃里用力地来回翻腾。沉睡已经结束，所有的身体机能都渐渐恢复了，生物本能的一切需求同时苏醒，这一切感受都在折磨着我。我趴在地上借着火光寻找，很快摸到了苔藓和一些其他蕨类，我抓起它们疯狂地吞咽，好歹恢复了一些体力。

我再一次好好看了看我的父母，才发现他们的手都指向同一个方向。我顺着他们的指向找到了放在高处的一个盒子，盒子里放了很多坚果和浆果干。用麻布包着的炭粉可以让盒子尽量保持干燥，还是有不少干果发霉了，想来已经放了许多年。

我吃掉所有能吃的果子，力量和记忆开始回到这副躯体里。我细细打量着这个地方，粗糙的石壁上歪歪扭扭地刻了许多图案，这是父母留给我的地图，标示出了所有食物与资源。我拆开用作干燥剂的炭包，把麻布贴在墙壁上，用炭粉把地图拓了下来。这时我才发现，地图旁还刻下了一串串小字，那是父母留下的、无微不至的叮嘱。关爱只能以这种方式留下。

很快，我就有些喘不过来气了，封闭空间中的空气本就不多，火折子燃烧更是消耗了氧气。我带着地图向外走去，拨开虬结在台阶上的根须，来到了室外。

走出去的一瞬，我闻到了世界味道：不是洞穴中霉变和腐败的腥臭，而是干燥空气的清爽、抽芽植物的花香和泥土的芬芳。长久处于黑暗中的眼睛一时无法适应外界的光，缓了一会儿才能稍微睁开。我回过头去，原来沉睡的地方是一处地下洞穴，洞穴上方长着一株茂盛的猴面包树，枝干粗壮高大，结满了果实。

我衔起磨尖了的石片爬上树，用石片割下一个果实，再一个个地割开，然后大快朵颐。

长年的沉睡给了我用不完的精力，只要满足了进食的需求，我就能一直运动。

下了树，我把果实里的种子种在大树周围，便向前走去。我不知道前面会有什么，但我无所谓，因为距离下一次沉睡还有约两年的时间——我的种族都是这样，首先是随机的质数沉睡周期，然后两年的苏醒时间，结束后继续沉睡。

我不知道我们有多长的寿命，也没有人知道，漫长到决绝。

苍茫的大地，龟裂且斑驳，只有我踽踽独行。唯一的陪伴是偶尔路过的风滚草，它们蜷曲着滚动，慵懒地播种。这片大地如此干燥，风滚草只好从土里收起自己的根，揉成一团随风滚动，直至寻找到宜居的环境，再重新扎根。我与它一样，它们寻找的是家园，我寻找的是同类。

这个念头提醒了我，风滚草的漂泊是为了寻找宜居之处，风从高气压区吹向低气压区，而湿度越高的地方气压越低，也就是说风吹向的地方是湿润的。那里有更多的食物，也有更多同类聚居的可能。

我追逐着风滚草，沿路饿了就吃一些黄栌和沙棘，渴了就摘一些仙人掌的果实。走了半天，我看到了前面的绿洲。

星　空

那是一片颇具规模的林子，长在小型的盆地里，整片大陆上的水分都向下汇集到了这里，才形成这片罕见的绿洲。我站在绿洲边缘的丘陵上，决定暂时不进去。

天色将晚，如果这片林子中真有我的同类，他或她一定会生起火，在夜色中会非常显眼。

我捕到一只田鼠，剥了皮烤好充饥，暮色很快降临，我站在火堆旁仰望夜空。浩瀚的夜空繁星闪烁，一道由星辰和尘埃组成的乳白色带子横过夜空，将天穹分成两部分。愈靠近天际线，星星就愈多，靠近天穹顶部的星辰显得有些稀寥，衬托出天空正中央那颗红色的亮星。那颗星鲜红似血，仿佛大火燃烧在夜空中央，明亮而孤独。

多美啊。

看着那颗鲜红的星，一个陌生的字眼忽然跳入我的脑海：夏。不过，这是什么意思？我想不起来了。

可我好像知道这颗红色星星的名字，我轻声念出了它的名字：
"心宿二。"这一声呼唤似是来自远古，唤醒了一些很古老的记忆。
我的声音微弱而嘶哑，许久没说话了，语言能力有些退化——别说
十几年的沉睡，即使是苏醒的时候，我也几乎用不着开口。

我沉醉在星河中，过了好一会儿才想起此行的目的，向下方的
绿洲看去。却发现那一片深绿之中并没有火光闪烁，甚至一点动静
都没有。

我有些失望地坐在地上，就着火光摊开用麻布拓印的地图。地
图上显示就在这密林深处有一个特别的地方，至于如何特别，父母
留下的记号我没有见过，但看起来值得一去。

深夜进入丛林并不明智，更何况星空的吸引力实在是太大了。
我躺在原地，久久地凝望着星空，星空也凝望着我——是的，凝望，
天穹正中的红色星星一动不动地亮着，而在它外围的所有星辰，也
毫无波动。我看了整整一夜，夜空中的星星几乎没有变化，并没有
随着时间的推移绕着天顶旋转。隐隐地，我觉得哪里不太对劲，但
又说不上来。

星空凝固得像一幅画，可星星又在闪烁。到了后半夜的时候，
天上的云雾都散尽了，墨玉一样的夜空干净得像洗过一样，静静地
盖在大地上。我站在高处，连地平线都看得很清晰。我总算看出了
一点儿变化，星辰非常缓慢地从地平线上涌入，不仔细看根本发现
不了。但这样细微而缓慢的变动对星空整体而言没有丝毫影响，群
星依然凝固着，因为星星实在太多了，而且离我也太远，一眼望

去，它们都在同一片天球之上，不增不减，不生不灭。

破晓了，黎明的曙光带着晨露洒向这片大地。我喝过甘洌的露水，往林子里走去。很快，我就有了令人振奋的发现，树丛之间稀稀落落地挂着被利器切割过的藤蔓，灌木和亚乔木也有被清理过的痕迹，再往前深入，甚至还能看到燃烧后留下的草木灰。我顺着这些线索不断向前。

终于，我在密林深处发现了错落有致的巨石群。

遗　迹

这片巨石群就是父母在地图上特殊标记的那一处，显然是文明存在的证明，我异常激动——我终于找到了同类。

巨石上缠满了青藤和爬山虎，这么大块的石头绝对不是这片平原上的东西；如此数量的石块已经堆砌出了一个遗迹，文明的遗迹。

我拨开丛生的藤条和杂草，绕着遗迹走了一圈，终于找到入口。甬道里弥漫着一股雨后的水土腥味，古旧的石板地面爬满了湿滑的青苔，榕树的根须和马齿苋从砖石的缝隙中滋生出来。我划开火折子，往深处走去，甬道墙壁上蔓生出的叶片微微摆动，看来这个遗迹有着很好的通风设计——好到不像一个遗迹，而是还在使用，为此我兴奋不已。

走完了长长的甬道，前面是一个宽敞的厅室，厅室上方留了一个四四方方的天井，阳光透过纠缠在天井口的枝叶洒下，洒在厅室正中的石板上。褐色的石板孤独地立着，早已斑驳不已，石板的正中刻有图案和字。

我激动地走上前，清理掉石板上的枯藤。真是意外，石板上庄重刻着的，居然是一段证明过程——证明质数无穷：

> 假设质数有限，设最大的质数为"地"。
>
> 另设一数为"天"，"天"等于2到"地"之间所有质数的乘积再加1。
>
> 那么，"天"就不是质数。
>
> 也就是说，2到"地"之间存在的质数可以整除"天"。
>
> 可"天"被2到"地"之间任意一个质数相除都会余1。

推出矛盾，得证质数无穷。

这是一个优美的证明，优美之处就在于无比简洁。我知道这个证明对于我的种族无比重要，因为它证明了质数是无穷多的，也就给我们每一个个体的沉睡周期之不同提供了理论基础。难怪这个诗一样的证明会被镌刻在遗迹最核心、最庄重之处，这篇证明就是我族的"圣经"。

我绕过庄严的石碑，继续向前深入。前面是一个巨大的穹顶空间，一进入其中，我就屏住了呼吸。因为一个穹顶竟全是由石砖旋转而上砌成，这无疑是巨大的工程奇迹。更令人震撼的是，无论是穹顶还是墙壁，都密密麻麻地刻满了字迹和图案，可以想象曾有无数名我的同类在此处驻足和篆刻。

这是我第一次见到文明的存在，来自同族的伟大文明。

入口旁的墙壁上刻着关于星辰的研究。这位前辈跟我一样，也把夜空中央那颗红色亮星叫作"心宿二"，横过夜空的那条带子被他称为"银道"。但他的研究更为深入，他把"心宿二"称为天极，围绕着天极的星空被他划分成了多个部分。天空中有许多亮星非常显眼，因为它们从不移动，所以称为"恒星"。三五成群的"恒星"被他与地上的实物关联起来，称为"星座"，有巨树座、硕鼠座、方座、巨蛇座、天蝎座等，它们以壁画的形式保留了下来。"心宿二"就被划分在天蝎座中，是蝎子的眼睛。蝎子是这片平原上最恐怖的东西，人一旦被蜇，很容易丧命。我看着前辈绘出的星图，这个形状的确看一眼就会想到蝎子。

我继续往后看，不由得欣喜若狂，这位前辈也注意到了新的星辰随着时间推移会从地平线下涌上来的现象，但涌入的星辰几乎不会影响恒星们在夜空中的位置。

前辈对此进行了大胆的推断，猜想我们的天空是在不断升高。但因为天空本来就已经很高了，所以恒星们的整体布局很难看出变动。他甚至还认真计算出了在四百年后，星空格局才会出现肉眼可见的改变。

在研究的最后，他慨然感叹道：斡维焉系？天极焉加？列星安陈？

　　他的研究成果令我热血沸腾。这位值得尊敬的前辈用归纳和推演对抗苏醒后的孤独，让浩渺的星空陪伴自己，叩问世界的本质。

　　我继续看下一面墙，从字上看应属于另一个人。他的研究内容是关于植物的，我原本不感兴趣，但我看见了那神圣的颜色！虽然从没有见过这种颜色，但只是一瞥，我就从灵魂深处唤出了它的名字、刻在骨血中的名字——蓝。

　　墙的中心画着一个蓝色的圆，尽管染料已经被岁月褪去了它最初的鲜艳，但依然摄人心魄。自然界中根本见不到这种高贵而优雅的颜色，天是白的，水是绿的，血是红的，大地是黄的。

　　我族对蓝色有种天然的崇拜，因为故老中间有传言说存在一个乐园般的圣地，那是一个蔚蓝色的圆形大陆——就像墙面画的那个蓝色的圆。传说不知是从什么时候开始的，但祖辈们一直坚定地相信传说的真实性。传说，当我们结束了漫长无期的寿命之后，会回到那颗美丽的蓝色大陆上，那里有蓝色的天空，蓝色的大湖，湖里孕育着无数生命，乐园中有无尽的食物。最重要的是，在那里，我们不再独自沉睡，不再独自苏醒，不再独自过完一生，我们永远在一起。

　　墙壁上刻着自述，这种坚定的原始崇拜鼓舞着这位前辈踏遍了平原的每一个角落，终于找到了紫红色的蓼蓝草。经过了无数次的尝试，他最终选择把发酵的果浆和燃烧后产生的草木灰混合，水解蓼蓝后产生了神圣的蓝色。这梦幻般的蓝色让我开始回想那个传说，幻想那个全是蓝色的美妙圣地。过了许久，我才从幻想中回过神，开始看向下一面墙壁，下一面是关于数学的……

"你是谁？"身后传来一个清灵的女声。柔软的声音在偌大的穹顶之下回响，又像电流一样传遍我的全身。我几乎用尽了所有的力气才回过头，一双隐在阴影中的脚，光着脚走出了阴影——那是一个漂亮的少女。

少女很漂亮，我的父母也很漂亮，当然，我也很漂亮。我们的种族都很漂亮，没有例外。少女的漂亮跟其他女性比起来算不上什么优点，可别说女性，我根本见不到其他同类，所以她的存在本身就无比珍贵。

"你的沉睡周期是多少？"我几乎脱口而出。

"喔，你可真直接，五百六十九年。"少女淡然道。

"这么长啊，我是十七年。"

"嗯，我马上就要进入沉睡期了。"

怎么会这样？我溺入无比的失落，不能自已，几近窒息。少女就这样看着我，我努力平复下情绪，哑声道："那你能不能陪我说说话？"

"好。"

"这个遗迹里还有别的伙伴吗？"

"还有不到一百个，都在沉睡。"

"这么多！"看来这里真的不是遗迹，而是族群的聚居地。

"这些字，"我指着周围的墙面和上方的穹顶，"都是遗迹里的伙伴们留下的吗？"

宿　主

"嗯，他们都在沉睡。"

我终于明白为什么每一项研究成果之下都会有其他字迹的批注，那是他们利用墙壁和穹顶进行的跨越时间的交谈。他们都沉睡在这里，用空间上的聚居克服时间上的阻隔。他们完成了自己的研究后便睡去，醒来又会看到同伴对自己的评论和回复，然后带着喜悦进一步丰富自己的研究。

即使不能相见，也能模拟重逢。

少女打了个长长的哈欠，说："我也要去睡了。"

"你既然醒着，为什么昨晚没有生火呢？"我追上少女的步伐。

"为什么要生火？我在看星星呀。"少女茫然地看着我。

"你……不害怕吗？"

"有什么好怕的？"少女哭笑不得，"能给我们带来危险的生物太少了，而我们在苏醒状态下遇到同类的概率又太小，"她想了想，又眨巴着漂亮的大眼睛看着我，"如果昨晚你过来，我想我会很开心的。"

那股该死的失落感又来了，变成了遗憾和悔恨，像滚烫的树脂渗进我的身体，攫住我的心脏，沁入我的骨髓。"等你下次苏醒的时候，我会来找你的。"半晌后我说道。

"你要我怎么相信你呢，"少女抿嘴笑道，"我们下一次见面是在一万多年之后了，到时候你能不能记得我还两说呢。"

我正要辩解，就被眼前的景象惊呆了。这是一个巨大的梯级空间，从下到上整齐地摆放着近百个寒玉方槽，里面睡满了我的同类。他们神色安详，眉目慈善。我从未一次性见到过如此众多的族人，内心的震撼无以复加。

少女已经跨进了属于自己的石槽，坐了下来。"见到你还是很开心的，"她的语速变得非常缓慢，显然她的新陈代谢已经开始停滞，"这里有食物，你不用客气。"

我环顾四周，与阶梯相对的那面墙上挂满了各种风干的肉类，下方堆满了盒子，想来也是装满了干果。

"对了，我还不知道你的名字……"我刚转头问出这句话，就看见少女躺进了石槽中，陷入了漫长的沉睡。偌大的遗迹之中，再也没有了回音。

我摘下一些肉品，坐在地上开始吃，忽然发现地面上也有字迹，只是没有写完。字迹提出了一个我没听过的概念："孪生质数"——一对相差为 2 的质数。我想起来了，父母的沉睡周期就互为孪生质数，而且父亲的沉睡时刻比母亲要早两年，所以他们每次醒来即重逢，无须等待公倍数。

这种长相厮守是足以让整个种族嫉妒的幸运。他们的生命中只有彼此，也只需要彼此，理所当然地离群索居，因为他们不再孤独。所以他们不必像遗迹里的学者那样探求世界，不需要用求知来对抗孤独，他们彼此即世界。

我再次看地面的字迹。这位学者无比感性地把他提出的"孪生质数"称为"另一半"。我被这个概念击中了，无数代种族繁衍的历史中，有多少祖辈终其一生都在寻找自己的孪生质数，寻找自己的

"另一半"。

因为有着无限的寿命，所以年龄对我们来说没有意义，只要能找到自己的另一半，就终结了一生的孤独，性别、年龄都无所谓了。

可是像父母那样幸运的人实在是太少了，更多的只是一次金风玉露的相逢，然后朝三暮四，只为繁衍。

因为有些同类从一出生就没有拥有幸运的资格，他们的孪生质数根本就不存在。而我的后代，也有可能尚未出生就失去了幸运的资格。虽然质数无穷，可谁能保证孪生质数也有无穷对呢？学者试着证明孪生质数无穷，可他失败了，所以他没有写完。

相遇之后，我才知道什么是寂寞。我放肆地进食，以填补内心的巨大空虚。食物在胃里堆积，一种异样的情绪也在我心里越堆越高，最后从眼睛里流了出来。

空旷的遗迹中杳然无声，只有我断断续续的啜泣。

大　火

我沿原路返回，诅咒着我族的命运。为什么我的族类要背负如此漫长的沉睡周期，以及那漫无边际的寂寞？我又回到了那间甬道前的厅室，仰头透过天井望向深邃的夜空。

从天井中只能看到夜空正中的"心宿二"被漫长的黑夜孤立着，

亮着寂寥的红光。此刻，我忽然觉得自己跟独守夜空的"心宿二"一样，独自行走在时间的旷野中，独自发光、独自红。

借着星光，我忽然发现那块刻着质数无穷的石碑背面也有字迹留下，从另一面走过的时候才能看到。石碑背面刻的居然是对沉睡周期的猜想——质数的沉睡周期，其实是对族群的一种保护。

石碑上说，历史上曾存在一种我族的天敌，他们也有一定的生命周期，为了避开能被他们的寿命整除的沉睡周期，我们进化成了质数。这样他们就无法与我们定期相遇，除非遇上公倍数，遭遇天敌的概率也因此被降到了最低。

这也解释了为什么这种天敌只存在于理论之中，从未被真正发现。因为在漫长的进化赛跑中，他们已经被我们远远地甩在了身后，最终灭绝。

天敌早已不复存在，我们已经不需要这样的沉睡周期，可却再也回不到过去了。

我走在漫长幽暗的甬道上，这路好像比来时长了许多。即使真的需要质数的周期来延续种群，又何必每个个体的周期都不一样呢？

出了遗迹，我从另一个方向走出了这片潮湿的丛林，踏上了一片崭新的土地。地衣铺满了灰黄色的大地，在星空下泛着近乎梦幻的色泽，红柳抽出了新芽，爬地而行。星空帮助我平复了下来，我按遗迹中壁画所画的星图去对应一个个星座，这让我感到安宁。

星空忽然一闪——以一种带着颗粒的质感。

宿　主

　　我揉了揉眼睛，以为刚刚花眼了，因为星辰又恢复了平静。可就在下一秒，整片天空被炫目的强光照亮！天穹被点燃了！诸星辰黯然失色，墨色的夜空泛出妖冶的红光。我猛然站起身，跑到最高的丘陵向远处眺望。我错了，被点燃的不是天空，而是大地——整片大地在熊熊燃烧！

　　波状的橙红色光幕刺破地平线直升天空，沉睡的大地被彻底照亮了。火舌舔舐掉了天际周围的每一颗星星，像是喷火的巨龙从地底苏醒，将要吞噬整个天空。天地几乎都要融化在这无尽的强光之中，我迎着强光向前奔跑，我要跑到天地的尽头，去弄明白到底发生了什么。

　　我跑过一片巨大的蒲公英田，带来的风吹起无数纯白的绒毛。飞起的蒲公英绒絮也被强光染红，逃入已经变成紫色的夜空。成群的飞鸟被惊醒，从林子里仓皇蹿出，扑棱着双翅，落下苍白的羽毛。我向着天边一直跑，可并没有感觉到大火应有的热量。原本我以为这是天地毁灭的征兆：地狱裂开，来自黄泉的火海流入地表；又或者地底产生了剧烈的爆炸，熔化的岩石浆液飞溅到了天空。可这一切都没有发生，我没有看到爆炸后产生的滔天气浪，大地也没有被高温啃噬。

　　可以确信，我已经跑了一整天，破晓早该过去了。可是白昼还没有来临，天空依然是夜晚，尽管星光被地火夺去了颜色，可天穹顶端的那些星星仍依稀可见。尤其是那颗孤独的"心宿二"，忠实地守在天心，陪伴着我。

长夜无穷无尽，我不停地跑着，跑着，跑过了丛林，跑过了湖泊，跑过了山丘，跑过了盆地。沿途我看到矢车菊和向日葵朝着天际疯狂生长，因为没有了昼夜交替，只有天边的大火能给它们带来光明。我没有遇到任何同类，可能这片大地上苏醒了的人只有我一个。我只看到田鼠和野兔四处逃窜，这片大陆上好像没有任何大型动物。湖泊反射着夜空中的寥寥星辰，水中的鱼儿怡然游动，像在嘲笑我，天地间只有我疯了。

我跑了一百五十天，大火也燃烧了一百五十天。一百五十天的长夜里，我要做的只有进食和奔跑，不需要休息。一百五十天后，我来到了天地尽头——一面通天的银色墙壁前。墙壁光滑得像一面镜子，映照出了我身后的大千世界。向左看，向右望都见不到边际，墙壁的顶部则隐在炫目的红光之中。此时的天空已经被火光完全占据，"心宿二"也看不到了。

在林中遗迹里，我感慨于文明存在的震撼，而在这里，除了神迹，我想不到其他解释。

墙上有一扇门。

文　明

他凑到近处去看那扇门，门上忽然射出三道光线吓了他一跳。他惊恐地往后弹了几步，忽然听到门里传来一阵毫无感情的女声：

宿 主

"晚期智人，年龄：25岁，健康状况良好，准许进入。"

每个字他都听得懂，可连在一起竟无法理解了。但他没有继续琢磨，因为门已经打开了。这个年轻的智人紧张而又兴奋地走了进去，门里的世界已经彻底超出了他的想象——高旷的空间完全由银色的金属组成，光滑而又细密。同样让他不能理解的是，进入这里之后他再也闻不到任何气味，感觉已出离了这个世界。

"嘀——"这一清脆的声音被空旷寂静的金属空间放大，年轻智人又被吓了一跳。循着声音来源，他看到光滑的墙面凭空开了一扇门，门里走出一个枯瘦的老者。年轻智人看到门里居然不是一个通道，而是一个逼仄的箱体，他无法想象老者怎么能一直待在这么狭小的箱子里而不窒息。他并不知道有电梯这种东西。

他没有细想，因为他惊喜于见到了第二个同类，而且，他从来没见过会衰老的同类，更没见过穿着衣服的同类。

"你好！"年轻智人冲了上去，"你为什么会变老啊？"

老者注意到了这个年轻人，和蔼地一笑，"人类都会变老啊。"

"人类？人类是什么？"

"人类就是我们，我们都是人类，一种来自地球的灵长类动物。"

"地球？地球是什么？"

老人放弃给他解释地球是什么，转而问道："你是怎么找到这里来的？"

"大火！大地着火了！"年轻智人这才想起此行的目的，"我是追着大火过来的，我想知道到底发生了什么。"

"喔，还是个聪明的孩子。"老人欣慰地笑了，"你想知道吗？跟我来吧。我上来也是为了看这个。"

年轻人兴奋地跟上了老人的步伐，这并不困难。但接着他就看到老人举起右手，红光一闪，两人便一起向前飞驰而去。他从没体验过来自外界的加速度，一个趔趄后，差点摔倒在地，幸好老人及时扶住了他。他感到加在身体上的那股力道渐渐减弱，终于能站稳了。

地面居然在动！他发现是地面带着自己跟老人飞速向前，惊讶得说不出话来。地面带着两人飞驰，片刻之间，他们已经越过了原本需要一百多天才能跑完的路程，来到了终点。年轻人来不及说话，因为他看到了这辈子最震撼的场景。

透过巨大得有些匪夷所思的舷窗，他看到——

暮年的红色恒星体积暴涨了数百倍，亮度骤增。亿万高斯的致密磁场纠结成钝重的斧钺，从两极削出，撬开了这颗红色的巨型恒星。冠羽状的炽热气体从恒星的伤口处喷涌而出，在高速旋转的恒星周围汇聚成球形的中空气团，又被磁场压缩成环状。恒星中喷涌而出的黄红色激波撞入了气环之中，碰撞和摩擦使得气环越来越热，也越来越亮。数道气环和等离子云围绕着红色的恒星，而这颗超巨星本身仍然在有节奏地收缩和膨胀，持续向外脉冲着高能粒子流……适才年轻智人看到的就是这幅画面——

他看到一颗发光的红色心脏在宇宙深处剧烈地搏动！

宿　主

　　喷涌持续了一百多天之后，此时，灼热的气环已经在巨大引力的作用下变成了高速旋转的吸积盘。被加热到白炽状态的粒子束攒射而出，产生的横向激波终于彻底摧毁了这颗红超巨星。此刻，深空亮如白昼。

　　猎户星座的"手臂"消失了。

　　"这是'参宿四'。"老人已是满脸泪水。

　　年轻智人花了几秒钟的时间才恢复了视觉。"参宿四"？他似乎知道这个名字，某些古老的知识穿越了数百年的睡梦回到他的脑海中，但很快就被纷至沓来的问题打散了，他问道："这里是哪里？"

　　"'弥尔顿号'。"

　　"'弥尔顿号'？"

　　"一艘恒星级宇宙航舰。"老人深深地叹了一口气，"孩子，你一直生活在这艘星舰的模拟生态圈里。"

　　"什么？"年轻人的疑问并没有得到回答，反而变得更大了。

　　"猎户座中的'参宿四'是一颗红超巨星。红超巨星表面温度低，而且碳元素极其丰富，因此可能出现复杂的碳氢化合物和固体物质尘埃，这些物质有可能形成生命宜居的行星。很久很久以前，人类就观测到猎户座中存在有机物化学指纹，这意味着那里曾经存在生命活动过的迹象。因此'弥尔顿号'的使命就是前往猎户星座寻找新的家园。"

　　年轻智人茫然地听着，期待老人说出他熟悉的词汇。

　　"地球，也就是我们人类诞生的地方，是一颗位于太阳系的行星。"老人继续说道,"'弥尔顿号'从地球出发,用了七百年的时间加速到光速的三十分之一,然后开始匀速航行。'参宿四'距离地球七百多光年,以'弥尔顿号'的速度需要两万多年的时间才能到达。现在,我们的跋涉终于接近尾声,可惜'参宿四'爆发了。"

他苍老的声音像是来自远古的梵唱,随着老人的娓娓道来,年轻智人渐渐恢复了刻印在基因里的记忆,他终于能勉强跟上老人的思绪。

"那个地球,是不是蓝色的?"年轻智人的眼中涌出了泪水。

老人点了点头。

"我们离开家园,已经两万多年了?"

"孩子,星舰才是我们的家。"老人枯老的脸上挤出一丝满是褶皱的笑容。

年轻人这才反应过来,"我一直生活在星舰上?"

"星际航行的时间实在是太长了,比当时的人类文明还长。而且'弥尔顿号'的设计理念是无限续航,'参宿四'周围的深空区域只是第一个目标。无限续航的燃料问题已经得到解决,根据我模糊的记忆,星舰是靠正反物质湮灭来推动的。但星舰上的其他设施则利用可控核聚变供能,既无法维持人类文明一直延续,也无法供给上万年的冬眠设备。唯一的解决办法,就是闭环的生态圈——只有生态圈可以自行运转,用人类的一代代繁衍克服时间,在理论上达到无限。"

"生态圈,就是我们的世界吗?"

　　"对，整个星舰的后半部分都是生态圈。因为猎户座跟天蝎座几乎是关于地球对称的，所以在这条航线上，位于星舰后半圈的你们，会一直看到'心宿二'高悬在夜空正中。"

　　年轻智人终于明白了，遗迹中的那位天文学家错了，不是天空一直在升高，而是大地一直在前进。他又问："生态圈的天空是模拟出来的吗？"

　　"是的，生态圈是地球的缩影，里面的所有动植物都遵循着地球上的规则。于是星舰按照地球日的二十四小时模拟出昼夜交替，让植物能够正常进行光合作用。"

　　"夜空不是模拟出来的？"

　　"夜空只是实时转播了星舰后方的视角。因为我们的目标是猎户星座，所以只要'心宿二'一直在天庭正中，就能确保我们不偏离航线。"

　　原来大火前夕的星空一闪，是超新星爆发产生的剧烈电磁辐射干扰了生态圈的模拟天穹，从那一天开始的一百五十多天里，生态圈进入了无尽的长夜。

　　"可我到现在才想起这些，我甚至从不知道自己其实生活在星舰上！"

　　"关于地球的一切，都是刻在我们基因里的记忆。只可惜漫长的沉睡和原始的生活环境被你们忘记了。"

　　"对了，我们为什么会沉睡？人类是一种拥有不同质数沉睡周期的生物吗？"

"那是远古的地球科学家赋予我们的'进化能力'。"老人的眼神变得浑浊起来，"闭环的生物圈的确是设计出来了，但是能供养的人口是有限的，太多的人口会让生态圈崩溃。"

"所以他们就让我们以质数为周期进行沉睡？"

"对，科学家研究出了让人类进入假死模式的技术，暂停一切新陈代谢。只要搭配一种叫'寒玉'的物质维持低温，就相当于自行冬眠。整个'弥尔顿号'被一种名为'摇篮系统'的催眠磁场覆盖着，每一个新生的个体都会在这个系统中登记备案，并被分配一个质数作为沉睡周期。到了相应的时间，系统就会对其进行针对性催眠，在'寒玉'的协助下，身体机能将降到最低。摇篮系统随机吐出的质数，永不重复。"

年轻智人接话道："不同质数沉睡周期的人类，相遇的概率太小了。"

老人点点头，"质数沉睡解决了所有问题。如果不是这样，聚居而没有天敌的人类很容易发生人口大爆炸，那将是指数级的增长，再庞大的生态圈也会崩溃。当然，这种担忧很可能是多余的，因为另一种可能性更大。当生态圈的资源到达瓶颈的时候，人类几乎百分之百会为了争夺资源而发动战争——导致人类灭绝的战争。这是经验之谈。"

原来，我们的天敌，就是我们自己。

"所以人类的寿命并没有改变，依然不过百岁。只不过自行冬眠状态下新陈代谢是停止的，每个人的沉睡周期不同，让寿命看起来

宿 主

似乎无比漫长，但其实能够苏醒的次数是有限的。"老人说。

少女说得没错，看来他真的等不到她苏醒的那一天了，他们再也不会相见。

"地球上曾有一种叫'十七年蝉'的生物。这种蝉会在地底蛰伏十七年后冲出地面，然后蜕皮、交配。质数的周期可以避免它们与寄生物或天敌定期相遇，保护族群的延续。这应该就是科学家们借鉴的原型。"老人说。

"居然还有这么长寿命的昆虫？"

"十七年只是蛰居沉睡，它们的生命其实还是很短暂，交配产卵之后便死去，依然是朝生暮死。"老人想了想又说，"不过，我们其实也一样，百年的寿命放在宇宙尺度上实在是太微不足道了，一样是'寄蜉蝣于天地，渺沧海之一粟'。"

沉溺于宇宙巨大时空尺度的无力感之中，半晌，年轻人才注意到了问题的关键所在，"我们为什么要离开地球？"

老人苦笑着摇了摇头，"我记不清了，反正有必须离开地球进行远航的理由。长年的沉睡也让我忘记了很多东西，曾经的人类统一了四种基本作用力，所以星舰才能产生模拟地球的人工重力。但这一度辉煌的文明都被子孙后代遗忘了，只有星舰深处沉睡的十三位先知知晓一切。他们被设备冬眠，也屏蔽了'摇篮系统'的干扰。直到在新的家园定居下来，他们才会被唤醒。跟他们一起被唤醒的，还有封存在星舰核心计算机中的所有知识和历史。到那时我们会在新的星球上重建人类文明。"

"你的周期是多少？"年轻智人终于问出了这个问题。

"二千一百六十一年。"

"这么长啊！"

"是啊，'弥尔顿号'启航之前，'摇篮系统'进行了试运行。最初一批沉睡周期最长的星舰人类被选中进行培训。我的任务是维护星舰设备的正常运行，所以一直待在星舰的前半部分。"

"这么说来，你见过地球！"年轻智人激动。

当年离家远航的第一批星舰人类，望着再也不会回去的蔚蓝星球，那纯净的蓝色深深地刻在了他们的记忆之中，代代转述，不断神化。

"是的，可惜细节已经太模糊了。"

许久的沉默后，两人望着舷窗外，成为超新星的"参宿四"，正在慢慢冷却。恒星最终失去了对抗自身引力所需要的能量，坍塌了。在未来的一个月里，不断塌缩的物质终将获得能够抗衡重力的核斥力，塌缩反转，向外冲击。

年轻智人望着已经进入生命最后阶段的恒星，缓缓地说："那远航的只有我们这一艘星舰吗？人类文明把希望都寄托在我们身上了？"

"当然不是，人类有过多次尝试，'半人马座的南门二''天狼星的双星系统''御夫座的五车二'都有过人类足迹，它们都是前车之鉴。最初的远航舰队没能发现宜居的新家园，也没有足够的燃料返程或到达下一个星系，只能消亡在茫茫太空中。吸取了这些经验后，'弥尔顿号'才被设计成了无限续航的姿态。与'弥尔顿号'同样量级的其他星舰应该也向别的方向远航了，此刻正在宇宙深处前行。"老人休息了片刻，又说，"为了制造人工重力，'弥尔顿号'的内核有着巨大质量的简并态物质，因此也拥有发射引力波的能力。两万年来，'弥尔顿号'通过引力波通信，时时向地球汇报航程情况，但从没有得到回应。"

老人轻轻地按上了年轻智人的肩，"记住，孩子，你的家是星舰。在'参宿四'爆发之前，你的家还有可能是新家园，但绝不会是地球。"

"地球到底发生了什么？"年轻智人长叹道。

"没有人知道。"

漫长的沉默后，年轻智人缓缓地开口："'参宿四'爆发了，我们又要重新开始远航了吗？"

"是啊，'参宿四'爆发产生了十分之一秒的伽马射线暴，足以杀死方圆数光年内的生命。在几百甚至几千年的时间里，这里都将会是一片不毛之地。"

"我想问，当年地球上的人类发展出了那么先进的文明，那他们证明出孪生质数无穷了吗？"年轻智人忽然想起这个问题。

"没有，没人能证明，也没人能证伪。"

沉默。或许真有一天，孪生质数对被穷尽了。之后的一代代人尚未出生便失去了遇上"另一半"的资格。而那时候，星舰上的人类可能依然没能找到定居的家园，继续着无穷无尽漂泊。年轻智人这样想道。

"孩子,你问孪生质数干什么?"

"只要找到跟自己沉睡周期互为孪生质数的另一半,就可以长相厮守了!"

"长相厮守?不能啊。孩子,孪生质数没什么特别的。"

"你说什么?"年轻智人一时反应不过来,"我父母的沉睡周期就互为孪生质数,父亲比母亲提前两年进入沉睡,这样他们每次醒来就会重逢!"

"孩子,你再想想,是这样的吗?"老人叹了一口气。

"难道不是?"年轻智人的声音颤抖起来。

"我们真正意义上的生命周期,其实是沉睡周期再加上醒来的两年。孪生质数,说到底还是两个不同的数。第一次相遇之后,他们的苏醒依然会两年两年地拉开差距,还是要等待公倍数,任意两个质数都是这样。孪生质数没有意义,孩子,孪生质数没有意义。"

年轻智人如遭雷击。他错了,遗迹里的研究者也错了,孪生质数根本没有意义,长相厮守根本不存在。

"唯一的优势,"老人缓缓地开口,"就是孪生质数的周期相近,即使需要经历公倍数的漫长等待,但好歹能够等到。如果是比较小的质数,甚至能够定期相见。不会像两个周期差距太大的个体,一生只能见一次。"

"一生只能见一次。"年轻智人想起了少女。父母的相守也不是因为两人每次醒来即重逢,而是因为愿意坚守。父母之间的交流,

宿 主

甚至可能跟遗迹里的学者一样，是用石刻的留言来实现的。

年轻智人心中一痛，只觉天旋地转、头晕目眩。事实也确实如此，一股递增的加速度从前方传来，一股大力把他向后拍去。他溺于悲痛无法自拔，像一张薄纸一般失去平衡，在快撞上舱壁的时候才靠求生本能撑住了，老人却直接撞在舱壁上。年轻智人忙跑去扶起老人，却看到一缕细细的血流从他的颅顶淌下。

老人先开了口："'弥尔顿号'减速了。"

"减速了？"

"星舰控制核心的计算机判定再前进就会进入伽马射线的范围，非常危险。"老人的声音变得非常虚弱，"'弥尔顿号'会在这里稍微停留一段时间，收集超新星爆发产生的高能粒子和重金属，补充舰上的资源。"

"然后呢？"

"然后转向，启航寻找下一处可能的栖息之地。"老人已是气若游丝。

"你怎么了？你是要开始沉睡了吗？我们赶紧去找到你的寒玉槽！"年轻智人发觉怀里老人的体温越来越低。

"不，我要死了。"老人面色苍白，露出微弱的笑容。

"死是什么？"

"就是生命走到了尽头。"老人缓缓地闭上了眼睛。

年轻智人抱着老人，感觉老人的身体渐渐冷了下去。他一时还理解不了死亡，老人停止的新陈代谢和冷却的体温都像是进入了沉睡，他觉得两千年以后，老人应该还会醒来。

他转头看向舷窗外几乎塌缩成中子星的恒星尸骸，它在等离子云的残骸中高速旋转着。新的征程即将开启，星舰转向后，后方生态圈里的人类会看到星空终于发生了变化，斗转星移。而高悬星河正中两万年的"心宿二"，终于渐渐偏移，像通红的火光缓缓地划过寂寞的夜空，又像古老的地球上流传了千万年的那句诗——

"七月流火。"

他站起身，准备带着老人的尸体回到生态圈，回到自己赖以生存的地方，给老人找一张寒玉槽。他知道星舰即将驶向下一个星系，开启下一个两万年——甚至更久。而沉睡周期短暂的自己，肯定看不到最后的新家园了，他会在星舰上过完自己的一生。

所以他只关心，自己什么时候才能遇到下一个苏醒者。